国家出版基金项目
NATIONAL PUBLICATION FOUNDATION

中國文學思想史綱

[日]青木正兒◎著

汪馥泉◎譯

山西出版傳媒集團
山西人民出版社

圖書在版編目（CIP）數據

中國文學思想史綱 /［日］青木正兒著；汪馥泉譯. —太原：山西人民出版社，2015.12
（近代海外漢學名著叢刊 / 鄭培凱主編）
ISBN 978-7-203-09226-1

Ⅰ.①中… Ⅱ.①青…②汪… Ⅲ.①中國文學—文學思想史 Ⅳ.①I209

中國版本圖書館CIP數據核字（2015）第207930號

中國文學思想史綱

叢刊主編	鄭培凱
著　者	［日］青木正兒
譯　者	汪馥泉
責任編輯	崔人杰
網　址	www.sxskcb.com
E－mail	sxskcb@126.com
天猫官網	http://sxrmcbs.tmall.com
發行營銷	0351-4922127（傳真）　0351-4922159（電話）
	0351-4922220　4955996　4956039
郵　編	030012
地　址	太原市建設南路21號
出版者	山西出版傳媒集團·山西人民出版社
發　行	山西出版傳媒集團·山西人民出版社 發行部 總編室
經銷者	山西出版傳媒集團·山西人民出版社
承印廠	山西人民印刷有限責任公司
開　本	700mm×970mm　1/16
印　張	11.25
字　數	85千字
印　數	1—2000冊
版　次	2015年12月 第一版
印　次	2015年12月 第一次印刷
書　號	ISBN 978-7-203-09226-1
定　價	34.00圓

近代海外漢學名著叢刊編委會名單

總　主　編　　鄭培凱

編委會　傅　杰　霍巍　戴　燕（按姓氏筆畫排序）

總　策　劃　　越衆文化傳播·周　威

總　監　製　　南兆旭

統　　籌　　徐　勝　顔海琴

出版工作委員會

主　　任　　李廣潔

副主任　　姚　軍　石凌虚

委　員　　梁晉華　張文穎　秦繼華　馮靈芝
　　　　　張　潔　崔人杰　王新斐　郭向南

設計總監　　李尚斌

設計製作　　王秀玲　吳圳龍　何萬峰　歐陽樂天

出版説明

近代海外漢學名著叢刊選取一九四九年以後未再刊行之近代海外漢學作品，編例如次：

一、本叢書遴選之作品在相關學術領域具有一定的代表性，在學術研究方嚮、方法上獨具特色。

二、爲避免重新排印時出錯，本叢書原本原貌影印出版。影印之底本皆經專家組審定，原書字體大小、排版格式均未做大的改變。

三、爲使叢書體例一致，本叢書前言、後記均采用繁體字排版。

四、個別頁碼較少的版本，爲方便裝幀和閱讀，進行了合訂。

五、少數作品有個別破損之處，編者以不改變版本内容爲前提，部分進行修補，難以修復之處保留缺損原狀。

六、原版書中個別錯訛之處，皆照原樣影印，未做修改。

由於叢書規模較大，不足之處，在所難免，殷切期待方家指正。

總序／溫故而知新

晚清以來，西力東漸，西方文化思想的著作也大量譯成中文，最著名的如嚴復與林紓的譯著，影響了整個二十世紀中國的知識界與文學界，使得中國文化的思維脈絡爲之不變。除了西方思想經典、文學與實證科學著作的翻譯，以實證方法系統化探討中國文史的域外漢學，也對中國學術思想界產生了莫大衝擊，改變了中國學術的著述方法與取嚮。

中國傳統的知識結構，是按經史子集四庫分類的，以儒家意識形態的經學爲文化知識的砥柱，以史學爲貫串歷史經驗的殷鑒，至於子部與集部，則是作爲保存文獻、擴大知識面的附帶知識，可以耽情冥想，可以悠遊玩賞，却都是邊緣化的知識，無關聖教的弘揚，無關文化精髓的宏旨。西方文藝復興之後的現代學術體系，在知識分類上，與中國傳統大相徑庭，講究系統分科，不同知識領域各有其客觀存在的價值，有其相對獨立的目的與標準。日本知識界在明治維新以來，鑒於東方文明落後於西方的船堅炮利，率先效法西方，追求「文明開化」、「脫亞入歐」的過程中，爲日本學術發展循着現代西方的體例，建立了哲學、文學、歷史學、經濟學、法學、商學、物理學、化學、地質學、醫學、農學、工程學、植物學、動物學等等新型學科，企圖與西方學術齊頭並進，從而影響了中國近代學術體系的發展。

本叢刊選印二十世紀上半葉出版的漢學譯著近百冊，分爲三大類：「歷史文化與社會經濟」、「古典文

獻與語言文字」、「中外交通與邊疆史」，反映民國時期學術界重視西方及日本漢學研究的成果，藉助他山之石，重新審視中國傳統歷史文化的意義，特別是開拓了傳統學術忽略的領域。五四新文化運動以來，中國學者如蔡元培、胡適都提倡「整理國故」，以理性實證的方法，對中國文化傳統做出系統化的研究，是與這些漢學譯著相輔相成的。這些譯著除了介紹域外漢學的成果，還引進了嶄新的學術研究方法與視角，有助於梳理中國文化傳統的脈絡，重新整合知識結構與學術體系。雖然這些學術著作不是中國學者的成就，無法納入二十世紀中國文史學術的主脈，但是從中文譯本的影響而言，起碼也應當視爲中國近代學術發展的支脈或潛流，不容忽視。可惜的是，到了二十世紀下半葉，因爲兩岸政治形勢的變化，這些漢學譯著，除了部分因王雲五重新入主臺灣商務印書館，而得以在臺灣做了少量的重印，在大陸的出版界，則完全受到遺忘，甚至在許多新成立的大學圖書館中也不見蹤影。我們搜集了近百冊塵封的漢學譯著，呈現給二十一世紀的中國學術界，一方面是爲了銘記前人爲推展學術而做出的努力，另一方面也是爲了提醒新常態時期的學人，學術發展有其歷史累積的脈絡，可以從中汲取歷史經驗，溫故而知新。

說到「溫故知新」與這批早期漢學譯著的關係，可以從兩個方面來思考，以見翻譯域外漢學如何反映了時代精神，爲融匯東西方學術思維，重新闡釋中國文化傳承，做出不可磨滅的貢獻。一是域外漢學的研究對象，以中國歷史文化典籍爲主，屬於中西文化碰撞期間興起的「國學」範疇，與五四新文化人物提倡的「整理國故」運動若合符節。研究中國歷史文化，並賦予新的學術意義，是清末民初知識精英茲在茲的心結。歷史發展走到一個環節，時代的狂風揚起了批判傳統的大旗，風中的英雄幫着推波助瀾，卻又無時或忘自己民族文化主體的未來，糾纏於「傳統」能否「現代」的困境。域外漢學的出現，以西方實證方法研究中國歷史文化傳統，綜合東西方各種語言文字材料，擴大了研究國學的眼界，即使無法打開中國文化傳統是否走到

○○二

盡頭的心結，至少是提供了一個解惑的方嚮，在大霧彌漫的夜晚，看到了依稀渺茫的星光。

二是翻譯域外漢學，有一種以子之矛攻子之盾的吊詭作用，逐漸化解了中國文化思維中的自大心理與封閉心態，讓唯我獨尊的國粹基本教義派解除武裝到牙齒的盔甲，轉而吸收並接受西方實證研究的學風。民國期間新式教育制度的推行，學術體系的變化，大學學術專業的創建，具體到北京大學國學門的成立、中央研究院規劃歷史、語言、考古的研究領域，都與翻譯域外漢學背後的旨意是息息相關的。因此，重新閱覽這批民國期間的漢學譯著，對二十一世紀的現代學人來說，溫故而知新，不但可以窺知民國學人追求新知的心理狀態，也會刺激吾人反思，認真思考學術研究方法與中國學術發展的前景，是外爍的影響大呢，還是內因變化的闡釋與新知介入的關係。知識體系的變化當然與傳統的重新闡釋有關，成分居多？

《論語·為政》記載孔子說：「溫故而知新，可以為師矣。」歷代解經，對這個「為師」的道理，有兩種相近似但又取嚮不同的解釋。朱熹《四書集注》說：「故者，舊所聞。新者，今所得。言學能時習舊聞而每有新得，則所學在我而其應不窮，故可以為人師。若夫記問之學，則無得於心而所知有限，故學記譏其不足以為人師，正與此意互相發也。」雖然朱熹把知識分為「舊所聞」與「新所得」，強調的卻是「學而時習之」，從中生發新的心得，也就是從詮釋舊典中得到新知。這個說法與朱熹在鵝湖之會以後，作詩唱和、寫給陸九淵的詩句，「舊學商量加邃密，新知涵養轉深沉」，異曲同工，是一個意思，萬變不離其宗，舊學與新知是同一個脈絡的知識學理。

然而，有些朱熹之前的經學家，解釋「溫故知新」，却有不同的取嚮。皇侃《論語義疏》就說：「故，謂所學已得之事也。所學已得者則溫尋之不使忘失，此是月無忘其所能也。新，謂即時所學新得者也。知新，謂

日知其所亡。」若學能日知所亡，月無忘所能，此乃可爲人師也。」皇侃明確説到，「故」指的是過去所學的知識，而「新」則指的是新近學到的知識，新舊結合，相互發明，邢昺論語注疏循着皇侃的思路，也説：「言舊所學得者，溫尋使不忘，是溫故也。素所未知，學使知之，是知新也。既溫尋故者，又知新者，則可以爲人師也。」這裏講的「素所未知」，就不祇是研讀舊學，有了新的體會，從過去的傳統中發展出的「新知」，而是從來沒聽過、沒想過的新學問了。這種「素所未知」的新學問，結合「舊聞」，對習以爲常的知識框架，就會產生巨大的衝擊，而出現飛躍性的結構變化。知識內容或許大體沿襲傳統，知識結構卻得以重新整合，出現嶄新的認知系統，重新審視自己文化傳統的意義，打開文化傳承的新局面。二十世紀上半葉的漢學譯作，就發揮了這樣的作用，促使中國學者放棄自我中心的文化態度，從各種不同側面，探知中國歷史文化的光譜，以域外（或是全球）的角度觀測中國傳統，搖動了文化的萬花筒，看到七彩繽紛的中國。

嚴復在甲午戰爭之後，改良變法思想風起雲湧之時，開始大量翻譯西方思想經典著作，是有感於國人（特別是傳統文化孕育的知識精英）思維系統封閉，企圖介紹實證新知，引進邏輯思維的方法，以破除儒學之道「一以貫之」與「放之四海而皆準」的虛妄。他翻譯天演論，在序文中提到，有人歸納東西方學術思想，認爲中國文化重精神，是形而上之學，立意高超，而西方文化重物質，是形而下之學，祇追求功利的回報。他認爲，這種自以爲是的蒙昧態度，陷入傳統舊學的框囿而不自知，沒有自我反思的能力，無法吸收「素所未知」的新知識，也就無法開展並弘揚自己的文化傳統。嚴復非常清楚他翻譯西方經典的目的，是爲了介紹新知，打破中國傳統思維的封閉性，但是，作爲披荆斬棘的拓荒人，他深知思想封閉者的頑固心理，必須因勢利導，以免遭到盲目衛道之士的攻訐。嚴復有其防身的策略，不會像許褚戰馬超那樣赤膊上陣，而

是以桐城文章譯述赫胥黎、斯賓塞、穆勒、亞當斯密、孟德斯鳩，博得晚清知識精英的贊許，文章深閎而傳入了新知義理。從文化變遷的角度而言，通過翻譯，以迂迴戰術來介紹西方思想，得到巨大的成功，產生了改變傳統思維體系的實效，是中國近代思想史上影響深遠的大事。以此類推，民國時期大量翻譯域外漢學的影響，也是不容忽視的思想史課題。

關於清末民初西方學術思維衝擊中國知識精英，顛覆傳統文化的知識結構，錢穆在《現代中國學術論衡》的序言中，從中國文化本位的立場，發出深刻的感慨，做了籠統的批評：「文化異，斯學術亦異。中國重和合，西方重分別。民國以來，中國學術界分門別類，務為專家，與中國傳統通人通儒之學大相違異。循至返讀古籍，格不相入。此其影響將來學術之發展實大，不可不加以討論。」錢穆所指出的問題，是傳統知識體系強調「通」，文史哲不分家，最崇尚通儒，而現代學術講究專業分科，以至於讀不通古籍呈現有類似的感慨。姚名達在撰寫中國目錄學史的時候，對西力東漸，西潮帶來的翻譯著作及新知新學，也的整體性知識思維。「四部分類法，不合時代也，不僅現代為然。自道光、咸豐允許西人入國通商傳教以來，繼以派生留學外國，於是東西洋籍逐年增多。學問翻新，迥出舊學之外。目錄學界之思想不免為之震蕩。」

二十世紀上半葉最能代表中國學術的通儒是王國維與陳寅恪，他們浸潤了經史子集的四部知識傳統，承繼乾嘉篤實的考據學風，却都經過西洋邏輯思維與實證科學的洗禮，參與中國知識結構的轉型。對西方現代知識結構如何在中國生根發芽，不但再三致意，并且以自己的學術實踐來努力促成。王國維早在一九〇二年就寫信給張之洞，反對把經學列為大學分科之首，而主張效法西方與日本的大學，設立哲學科，明確指出知

識結構的分類不可因循傳統，而必須另起爐竈。陳寅恪在一九二五年就清華大學建制的問題，寫了「吾國學術之現狀及清華之職責」，指出大學的職責在於學術之獨立，而中國學術界的情況令人十分不滿，必須認真效法西方學術的體制及實踐。他說：「蓋今世治學以世界爲範圍，重在知彼，絕非閉門造車者比。」這兩位國學大師，對西方與日本的漢學研究十分注意，都是以開放態度對待域外漢學研究，集思廣益，以成其大家。

再回到「溫故知新」的歷代經解，說說文化傳承的闡釋學意義。劉寶楠在論語正義中指出，「溫故而知新」，就顯示長者不忘舊時所學，且能吸收新知，繼承并發揚這種學術與政治合一的傳統，可以爲人師。到了孔子之時，世變日亟，「道術爲天下裂」，文化知識不再爲少數統治精英所壟斷，也不必然與治理政事有關。從劉寶楠不經意的闡釋中，可以看到時代變遷影響了學術文化的內容，改變了知識結構的體系，但其內在發展的理路仍舊，還是需要舊學與新知的融合，才能有所發展。

劉寶楠還引述了劉逢祿的解釋：「故，古也。六經皆述古昔，稱先王者也」。知新，謂通其大義，以斟酌後世之製作，漢初經師皆是也。」劉寶楠贊成這個說法，並指出，漢唐人解釋「知新」，大多數都沿用此意，也就是說，舊學是傳統的知識結構體系，新知是時代變化出現的新知識，必須相互斟酌，才能發揮得宜。至於如何對舊學「通其大義」，就見仁見智，各有說法了。從這個通達的詮釋來討論近代西學東漸的情況，我們可以看到，「溫故知新」在民國學人的心底，是產生「傳統」與「現代」糾葛的心理陷阱，不易跨越。

若依照朱熹的說法，「學能時習舊聞而每有新得，則所學在我而其應不窮」，雖然在哲理上可以模模糊糊說

〇〇六

通，但在清末民初的具體歷史環節，西學的新知屬於完全不同的知識體系，在原有的舊學脈絡中，根本無從立足，如何「其應不窮」？所以，真要放之四海而皆準，提升「溫故而知新」的普世意義，以理解域外漢學譯著與近代學術知識體系變遷的文化史意義，我們認爲，皇侃、邢昺，一直到劉寶楠的闡釋，是比較合適，並與現代文化闡釋學的說法相近。

伽達默爾（Hans-Georg Gadamer）在他的名著真理與方法中，說到認知理性與文化傳統的關係，特別指出，人們通過理性，來判斷歷史文化中事實的真相，但是人的理性與生存環境息息相關，與傳統所衍生的豐富文化底蘊有關，不可能完全超越文化傳統的思維脈絡。他認爲，人生活在文化傳統之中，就不可能「遺世獨立」，以全能超越的抽象思辨來認識傳統，甚至是批判或顛覆傳統。傳統是歷史文化延續與傳承的表徵，不會一成不變，而我們的認知理性也會因時代變遷，而不斷重新詮釋傳統。伽達默爾的闡釋學以西方文化傳統爲例，說明新知如何納入傳統，而使文化傳統生機不斷，生生不息，與中國歷代經學家的說法（朱熹除外），有異曲同工之效。以此觀照民國時期的漢學譯著，我們認爲，這批學術新知傳入中國，對中國文化傳統的繁衍與發展，實有承先啓後之功。

近代海外漢學名著叢刊的出版，最值得感謝的是南兆旭先生二十多年來搜羅的執着與努力。雖然這套叢刊不能窮盡民國時期的漢學譯著，但是，能匯集上百冊自一九四九年以來在國內不曾重印的學術著作，再度公之於世，總是功不唐捐的大功德。忝爲本叢刊的主編，我面對這批民國學術材料，先是感到紛雜無章，有些原作者的學術素養也難副當前的學術標準，甚爲猶豫。後轉念一想，這是上個世紀中國最紛亂時期的學術記錄，也是民生凋敝，國勢隤危，內亂外患交加之際，仍有許多學者孜孜矻矻，戮力翻譯域外漢學，爲中國學術的傳承拓展新知的坦途，不禁肅然起敬，開始用心整理分類。掛一漏萬，在所難免，好在有學殖豐贍的

靜友擔任分卷主編，並撰寫各分卷前言，實在是衷心銘感。有傅杰教授負責「歷史文化與社會經濟」、戴燕教授負責「古典文獻與語言文字」、霍巍教授負責「中外交通與邊疆史」，吾道不孤矣。在整理編輯過程中，周威先生費心最多，也是我要衷心感謝的。

道術之存亡，全在人心之嚮背。這批民國漢學譯著重新問世，對我們生長在承平之世的學人，應當有激勵的作用，為學術研究多盡份力，讓中國學術發展更上一層樓。

鄭培凱

二〇一五年七月

前言

二十世紀三十年代是中國現代學術史上的一個黃金時期。從晚清的白話文運動，到白話文在民國初年被定爲現代國語，中國的語言也就是「漢語」本身便發生了一個很大的變化。在漢語的這一現代轉化過程中，「新文學」即白話文學、又或稱國語文學的異軍突起，又起到極爲重要的推進作用。因此，現代的漢語和文學，從一開始就如同雙生子一樣關係密切，不可切分。

當然，白話文與白話文學的興起，原因不止一個，但不能否認的是，在漫長的從「邊緣」變爲「正統」的道路上，它們都受到過外來的語言和文學的刺激。這裏面既包括有現代漢語對「外來語」的吸納、新文學對外國文學的模仿，也包括了引入歐美日的方法，對漢語和文學加以研究。這個研究，還不單單是針對現代的漢語和文學，也針對古代的漢語和文學。

伴隨着漢語和文學自身的演變，而在語言學界及文學研究界發生的這些轉變，其實是中國學術在各個領域實現其現代轉型的一部分，也可以說是中國現代學術之建立的一個基礎。隨着對東洋、西洋從觀念到方法、從文獻到詮釋的全面開放，在一九三〇年前後，中國的語言學和文學研究也迎來了自己的黃金時代。這個黃金時代出現的很多學術成果，都是當時中國學者在傳統學問的基石上，吸收外國的方法，結論得到的，如王力所説，那時的語言學，「始終是以學習西洋語言學爲目的」，文學研究也莫不如此。所以，要

想說明這個學術上的黃金時代究竟是什麼樣的，又如何形成，勢必要對當時的國外漢學知其一二，尤其要對翻譯成中文出版的漢學書籍有一點瞭解。

語言學方面，自馬氏文通引入西方語法之後，在中國影響最大的恐怕就要數高本漢。從一九二七年的《左傳真僞考》及其他，到一九七二年的《中國聲韻學大綱》，他關於中國語言學的論著幾乎都有在中國（包括香港、臺灣）翻譯出版。據說早年間，在他的音韻學論文尚未譯成中文出版前，錢玄同就已經拿着其中幾頁，作上課的教材用。他的中國語言學研究的譯者賀昌群也曾說，在語音韻學方面有所成就的學者，都是借高本漢之力。

文學方面，一個突出的現象是，日本漢學家的著作被翻譯出版最多。究其原因，大概是由於日本在歷史上受中國文化影響甚深，日本漢學家普遍有很好的漢學功底，到了明治維新以後，又先於中國接受歐美的思想、文化和學術，這兩方面的結合，促使日本漢學界產生出很多新的研究成果，其中就有像兒島獻吉郎、鈴木虎雄、本田成之、青木正兒、鹽谷溫、梅澤和軒等人的著作。這些涉及中國古典文學、藝術、思想等領域的論述，兼有東西之長，比較容易爲中國學界理解和認同。因此，在現代中國的文學史、文學批評史、藝術史、哲學史等學科領域，日本的研究範式一度相當流行。

說到海外漢學的影響，還不得不提及海外漢學論著的翻譯出版，像成書於一九三二年的石田幹之助的歐人之漢學研究，一九三四年就有了中文譯本，就是典型的一例。這固然是由於當時的中國學界對於及時掌握海外漢學動嚮，有一種普遍的要求，可是不能忘記的是這些漢學論著的譯者，在這中間扮演了很重要的「驛騎」角色。

在這裏，也許不需要再去重復趙元任、羅常培、李方桂這一黃金組合翻譯高本漢《中國音韵學研究》的故

事，不需要說明高本漢論著的大多翻譯者，如張世祿、賀昌群等，也是經胡適推薦，由當年聲名鵲起的新銳陸侃如、衛聚賢合作翻譯的。而在陸侃如看來，他們的譯介，就是爲了「東海西海互相印證」（譯跋）。

值得一說的，倒是譯過不少日本書籍，不限於漢學著作的孫俍工。孫俍工一九二四年赴日留學，他本來學的是德國文學，可是很快翻譯了鈴木虎雄的中國古代文藝論史、鹽谷溫的中國文學概論講話、本田成之的中國經學史、兒島獻吉郎的中國文學通論，興趣完全轉到對中國古典的研究。他在各書的譯序中，談到過對中國祇有整理國故保存國故的口號，成績却不如日本的看法（中國古代文藝論史），談到過他要借翻譯來使人看到在被我們自己拋荒的文學園地裏，經別人代耕，而有怎樣一番禾黍芃芃的景象（中國文學概論講話），也談到過如本田成之對於孔子「別開途徑」的理解，可爲中國學者取法實多（中國經學史）。對中日學界當時情況的判斷，大概是他譯書的動機。據說他在一九二八年回國任教後，短短幾年就編出幾百萬字的書來，其中像中國文藝辭典、世界文學家列傳、中國語法講義等，有人說都涉嫌抄襲日人（彭燕郊那代人·關於孫俍工）。這也大可說明他心目中的日本學術，不光是漢學，何等優越。當然，他翻譯鈴木虎雄、鹽谷溫的著作，按趙景深的說法，還是「對於中國文學的貢獻頗大」（文壇憶舊·文人印象·孫俍工）。

另外一位翻譯日文書極其勤奮的是王古魯。王古魯一九二〇年赴日讀的本來是英文系，一九二六年回國後也教過英文，但是他翻譯過的日本書籍，題材廣泛而雜駁，涉及小說與經史之學、語言文學、民族和對外關係，既有論述，也不乏考據。由於他對日本學界的追踪，與他對中日關係的觀察是聯繫在一起的，因此，他在一九三二年翻譯的田中萃一郎西人研究中國學術之沿革、一九三四年編譯的傅斯年等編著東北史綱在日本所生之反響、一九三六年編寫的最近日人研究中國學術之一斑，都在中國學界引起過強烈的反響。在他翻

譯的文學論著中，最有名的恐怕就是青木正兒的中國近世戲曲史。吳梅早已表揚過他在翻譯中表現出的專業態度，即對青木正兒引書「無不一一檢校」，故「可爲青木之諍友」（序）。一九五六年他寫信給青木正兒，又説此書不僅獲得「我國各方面極爲重視」，還作爲「中文本」，與王國維宋元戲曲考等六種，入選蘇聯大百科全書的「中國戲曲」條目，説明譯作本身成了經典。而這一次的翻譯，大概也爲他後來到日本搜集古本小説、戲曲，最後成爲造詣頗深的中國文學史研究專家做了很好的鋪墊。

中國現代學術史也應該銘記這些譯者的功勞。

戴　燕

二〇一五年六月八日於復旦

作者簡介

著　者　青木正兒（一八八七年——一九六四年），日本著名漢學家，文學博士，國立山口大學教授，日本學士院會員，日本中國學會會員，中國文學戲劇研究家。青木正兒自言少時就有「讀淨琉璃之癖」，在中學時代，喜讀西廂記等中國古典作品，「很覺中華戲曲有味」，在大學學習時代，致力於「元曲」的研究。他廣泛涉獵元曲選、嘯餘譜等曲學書籍，並對元雜劇進行了專門研究。一九一九年，青木正兒創辦支那學雜誌，並在該雜誌上發表以胡適爲中心的中國文學革命，是繼日本介紹中國新文化運動及其中心人物胡適的第一篇文章。他還多次向胡適提供在日本搜索到的中國文學史資料。二十世紀三十年代，青木正兒就被中國學術界譽爲「日本新起的漢學家中有數的人物」，後更被譽爲「舊本研究中國曲學的泰斗」。

譯　者　汪馥泉（一八九九年——一九五九年）曾用筆名馥泉、正禾等。浙江杭縣（今餘杭）仁和鎮上纖埠人。中學畢業於浙江省立甲種工業學校（浙江大學前身），一九一九年東渡日本留學。他是中國現代文學史上著名的作家、翻譯家、編輯家和出版家，同時也是教授、學者、語言學家、教育家、文學研究會會員，是在中國現代文學史上有過特殊貢獻的歷史人物。

譯者後記

中國在文學思想史或者文學批評史方面，現在還只是在奠基的階段中。

近讀日本青木正兒（迷陽）先生著中國思想——文學思想（岩波書店出版岩波講座東洋思潮），從周代起一直講述到「五四」時代取材很精賅，而且以儒家思想與道家思想創造主義與仿古主義及達意主義與修辭主義的三大綱領貫穿全書，所以體系很整然。特爲譯出書名因爲這部書是順着歷史底順序講述的，而且歷代底文學思想是簡要地講述的，因標爲中國文學思想史綱。

青木正兒先生東北帝大教授，是中國文學研究的專家。他底論著，中國已翻譯了好一些過來。就所知列後：

中國近代戲曲史　王古魯譯，商務印書館出版。

中國近世戲曲史　鄭震編譯，北新書局出版（王古魯譯本爲全譯本，此本爲節譯本）。

中國古代文藝思潮論　王俊瑜譯，周作人校閱，人文書店出版。

中國文學發凡　郭虛中譯，商務印書館出版。

「語物」底源流　中國小說的溯源和神仙說關於敦煌遺書「目蓮緣起」、「大目乾連冥間救母變文」、「降魔變押座文」汪馥泉譯收「中國文學研究譯叢」中北新書局出版。

劉知遠諸宮調考　悼貞譯（載一卷三期大陸雜誌）。又，賀昌羣譯（載六卷四號國立北平圖書館刊）。

楚辭九歌底舞曲的結構　胡浩川譯（載北新書局出版四卷四期青年界中國文學特輯）。

青木正兒先生底著作不曾翻譯過來的有論文集：中國文藝論叢、清談中國底自然觀等論文，大多在他主持的「支那學」雜誌中發表。

承青木正兒先生爲撰中國文學思想史綱譯文序，特在此道謝！

馥泉附記　一九三六年七月十九日

原著者序

汪君馥泉擬譯拙著中國文學思想史綱以行禹域，而徵序於余。夫文學一科，流別甚廣，一人有一人之主義，一世有一世之思潮，人人而異，世世而變。且一國文學與其國思想言語相關最密，是以欲舉其綱領則必生於其土而學問淵博貫穿古今識見卓犖洞察表裏始可與言同異變遷之故也。余何人耶身生東瀛言異俗殊雖讀華書義多難解未通大體談何容易然而不自揣敢爲辨說者意欲宣揚中國文化以傳此邦耳。是書乃東京岩波書店叢刊東洋思潮講錄之一原爲初學津梁而作，篇幅所限未盡其詳遺漏亦多固不足以博鄰邦士子一笑也。惟此種述作罕見成書汪君所以取之者，蓋不過買駿骨之意騏驥一出則堪覆醬而已。汪君不棄淺陋嘗譯拙作三篇已行於世今又有此舉，深感知己因綴數語以題其首云爾；

　　　　　　昭和丙子六月青木正兒識

目次

原著者序

第一章　緒論……………………………………………一
　第一節　儒道兩大思潮與文學思想………………一
　第二節　創造主義與仿古主義……………………五
　第三節　達意主義及氣格主義與修辭主義………七
　第四節　「文學」這名稱及其觀念…………………九

第二章　周漢底文學思想……………………………一三
　第一節　表現在「詩經」中的詩歌的觀念…………一三

第二節　孔門底詩教…………………………………………一六

第三節　漢儒底道義的文學思想……………………………二〇

第四節　賦家底貴族的游戲的風氣…………………………二八

第五節　王充論衡底儒學文學調和說………………………三三

第三章　魏晉南北朝底文學思想………………………………三七

第一節　魏晉時代純文學評論底興起………………………三七

第二節　南北朝底修辭主義…………………………………四七

第四章　唐代底文學思想………………………………………六二

第一節　初唐時代修辭主義底餘波…………………………六三

第二節　盛唐中唐底復古思想………………………………六五

第三節　晚唐時代底回到修辭主義去………………………七四

第五章 宋代底文學思想……七七

第一節 仁宗朝達意主義氣格主義底確立……七七

第二節 南渡前後元祐紹述黨爭底反映……八一

第三節 南宋底詩論……九〇

第四節 文論……九九

第五節 詞論……一〇三

第六章 元明底文學思想……一〇七

第一節 到擬古主義去的過程……一〇八

第二節 擬古派底興盛……一一三

第三節 創造派底抗爭……一二一

第四節 白話文學底尊重……一二五

第七章　清代底文學思想……………………一三二

第一節　明詩底攻擊與神韻・宋元兩派底興起……一三二
第二節　格調說與性靈說底復燃………一四三
第三節　古文與駢文底並行……………一四五
第四節　歐化文學思想底興起…………一四八

譯者後記

中國文學思想史綱

第一章 緒論

第一節 儒道兩大思潮與文學思想

中國底文學思想,我以爲可以從三方面來觀察:(一)成爲文學思想底基礎的,是儒家與道家的兩大思想;(二)從創作底態度上來觀察是創造主義與仿古主義;(三)從表現法上來觀察是達意主義及氣格主義與修辭主義。儒家與道家創造與仿古達意與修辭都是站在互相對立的兩極上的;但是當然這三方面也各有其「兼取」及「折衷」的思想存在着。不論從作家方面來看或者從批評家方面來看他底要旨可以說大概已能完全包括了吧。

歷來在中國國民底腦子裏流動着的兩大思潮,是儒家思想與道家思想。前者,代表入世的、現實的思想,後者代表出世的非現實的思想。前者對於人倫道德底匡正最是關心,而且留意到人工的文化底進展,後者以天真底保全爲第一義,因爲要保全天真所以要復歸於無慾無智無爲的太古自然的情態中爲理想。就是,前者是文化主義,後者是否定文化主義的。所以對於文學,儒家往往以道德來規律文學以實用功利來勸導文學禁戒空想道家正相反教以塵世底超脫無用之用及想像底自由。

歷來在文學思想中由儒家方面產生出來的,最顯著的是鑑戒主義。大約發生於漢代儒者對於詩經作「道義的」解釋後來對於一般的文學也往往主張及承認道義的解釋其次,是功利主義他底端緒可以追溯到孔子講述學詩之益吧:「詩可以興可以觀可以羣可以怨邇之事父遠之事君多識於鳥獸草木之名」(論語陽貨)清代顧炎武在日知錄(卷十九)中作文須有益於天下的一條高聲大喊說「文之不可絕於天地間者曰明道也紀政事也察民隱也樂道人之善也若此者有益於天下有益於將來多一篇多一篇之益矣若夫怪力亂神之事無稽之言勦襲之說諛

佞之文若此者，有損於己無益於人多一篇多一篇之損失」這一段話，可以說是儒家的文學思想底神髓這是尊重「鑑戒」與「功利」排斥「非現實的事蹟」及「無節操的文辭」的排斥非現實的事蹟是把論語（述而）上的「子不語怪力亂神」這句話奉為金科玉律的結果神怪的傳說與小說往往觸犯儒家底忌憚而被牽制排斥無節操的文辭是屬於鑑戒主義底範圍內的即令在文學上是很優秀的作品也常常因此把他底評價降低

儒家思想對於文學頗加以脅迫積極地引導其進路往往有想牽制其逃遁的傾向道家思想，只是消極地在隱隱約約之中暗示其進路吧了這是因為成為文學之源泉的所謂六經這種古典是由儒家傳承及研究了來的，所以他們對於文學很關心把文學看作儒學底一種分科文學家也大多以為根據儒學是正當的。至於道家他們沒有可以和六經對抗的古典。──不但如此他們對於儒家崇奉先王之陳迹的六經標榜文化主義，是加以嘲笑的。如老子、莊子託諸神韻縹緲的妙文表現其超世的思想一方面有如完全不懂文學的假裝成為與文學是風馬牛不相及的。而且自從漢武帝的時候把儒家當作學問底正道以來，雖則時有消長可是儒家總在國家底庇護之下，在

學術界中占着壓倒的勢力一直到如今。他對於文學，採取指導的態度這是當然的事。但是，儒家底「道義」這東西對於文學家是束縛的、迂腐的，所以使傾心於道家底超世的自由的「烏托邦」的很多。這種思想散見於作品中。但是道家底學問，幾何沒有直接指導文學理論的，所以並沒有像儒家那樣提供一種理論在文學上活動的事情只是憑文學底採擇其思想並沒有把他當作一種規範而加以限制的地方。因此要從文學思想中概括道家傳承的東西來清清楚楚建立一個系統，是很困難的事。如其只是在文學思想上指摘出道家的東西那末大約有下面的幾點吧。

隱逸高蹈主義這是道家的東西底第一項吧。歷來謳歌這種趣味的文學可以蔚然成為一派吧。這種文學雖則不一定都是崇奉道家思想的但是高蹈主義與道家底超世的思想容易一致與入世的儒家思想到底離開得太遠了。其次是神仙趣味原來，「神仙說」這東西並不是道家直系的思想但在道家之中有與他相類似的思想；從漢代以來，兩者結合了深切的關係所以在廣義上，可以把神仙說放到道家思想底範圍之內的吧。神仙說他促進神怪小說底發展與儒家「不語怪力亂神」站在正相反的立場上。還有一點是素樸趣味。這一點我以爲是在要保全天眞的思想上，

四

樹立了基礎的老子中說，「大巧若拙」。莊子（怯篋及馬蹄）中傳承老子底說法，否定音樂美術中的技巧說越是增加人工的技巧便越是損壞天然的純樸在文學上特別是宋代以後愛好作風底素樸「寧拙勿巧」的主張很是顯著這實在便是尊重天真底保全。

第二節　創造主義與仿古主義

唐代李翺在答王載言書中說，「六經之詞也創意造言皆不相師」。這是論列其大勢的；六經底文章一部分一部分地來看乙模倣甲的，也是有的。就詩經來看例如魯頌底閟宮有模倣商頌般武的形迹這早已為學者承認所以仿古主義與創造主義相並着，是早早有了的。而且仿古主義似由於儒家底尚古思想顯著地促進了的由於孔子以「述而不作信而好古」（論語述而）為他底為學的標幟儒家動不動便稱道「先王之道」「古之人」而尊崇他只管鼓吹尚古的風氣由於其古典底尊崇產生了尚古的文學論他們以為詩歌無論如何努力總敵不過詩經文章總不能出於書經之上六經實是文學上至高無上的東西而且他們甚至於以為不單六經即令六經以下的東

西，後人也總不及古人底作品，只要有一點點逼眞古人底作品這便是後人底任務。如此的尙古思想，歷代以來都流行，但是作風隨着時代變遷產生新的東西，如此轉變着傳承了下來。就是因爲在仿古主義底反面，常常流行着創造主義這是不消論述的。

如其從古今底大勢上來論列這一點那末在詩文方面從周代到唐代，每一代都有新體產生，顯示出創造的活動底旺盛到這個時候已略略完備了。所以宋代以後便一般地盛行着一種風氣求模範於唐代以前的作品中而模倣他，例如在詩歌方面某一派尊崇盛唐底詩歌的，以唐、宋一派以晚唐爲目標有的學杜甫底詩歌有的學李義山在文章方面也有以周、漢爲目標的等等仿古主義很興盛只要有一點點逼眞古人底模範作品那末其作品底評價便會估爲目標的等等仿古主義很興盛。但是有偉大的才能的人在這其間很能表達出新意來就是，是用力於創造的，並不是專事仿古的。只是大概地講來可以說在近代底文學思想中仿古主義的潮流很高漲。如詩餘與戲曲小說特別在近代興盛了的文學創造的活動很旺盛這是不消說的事；但是，在大才崛起之後步其後塵仿古主義者便接着產生了這樣的創造主義與仿古主義底交涉是在不論那一個時代都會發生

第三節　達意主義及氣格主義與修辭主義

論語(衛靈公)中說,「子曰『辭達而已矣』」。這是早已說破了達意主義的。春秋左氏傳(襄公二十五年)中說,「仲尼曰『……言之無文行而不遠』」。這是說爲要使言辭廣傳於世文飾是必要的;這實是修辭主義這樣看來達意主義與修辭主義的觀念,在周代底文獻中已經看到了。旣然要寫作詩文,那末要求言之有文是當然的事只是,由於其重點或者放在外形的文辭上或者放在內容的立意上便因此區分了修辭主義與達意主義要修辭的以質樸爲主旨。「文質彬彬」地兩者俱全這是最理想的但是,一般的趣向總容易傾向到這兩方面底任何一方面去。所以,歷來在文學思想上這兩派往往對立着。

在古代最注意到修辭的是辭賦的作家吧。辭賦,起於周末盛行於漢代;如漢代揚雄,說辭賦是「雕蟲篆刻」之技就是,以爲專事文字底雕飾的但是如其除外辭賦一科那末周漢底大勢可以

看作達意主義的修辭主義的潮流到了六朝高漲到全部的文學上遺給了後代以「靡麗」的非難修辭主義底橫溢以這個時期為達到了最高潮。唐代一方面承襲六朝底餘風,一方面實行兩者底調和;到宋代,復歸於達意主義這個時期為達到了最高潮。唐代一方面是對於宋代的反動傾向修辭主義清代再轉換到達意主義。當然這由於文學底種類及作家而不同,一律地講是不可能的事只是在文學思潮上,這兩者底交涉或着小小地吹皺一池春水或者大大地在海洋中與風起浪一進一退的情況,是很使我們注意的重要的問題。

其次所謂氣格主義,是要在作品中具備氣力與品格的思想。「文以氣為主」(典論論文)這個主張,由魏曹丕說破以來這個觀念底自覺在文學思想上建立了堅固的地盤這便是不關於文辭底巧拙立意底良否其作品中所具備的氣力及品格這以作者底氣象及人格之表現為主。但主義作為評論作品的重要的標準這種思想是在修辭主義與達意主義之外成了鼎立的姿態。是如其專事修辭便會發生賊害文氣的結果不如以達意為主可以保全文氣從這個見地來看氣格主義這東西有容易與達意主義相提携的性質例如宋代葉夢得評論歐陽修底詩歌說「專以

氣格爲主，故其言多平易疏暢律詩意所到處雖語有不倫亦不復問」（石林詩話）這句話，很可以探知這其間的消息所以如其大別爲修辭派與達意派，那末我以爲氣格派可以附屬於達意派。

第四節 「文學」這名稱及其觀念

我們先考察「文」字底字義就其語源來看，周易繫辭傳中說，「物相雜，故曰文」。周禮考工記中說，「青與白謂之文」。禮記樂記中說，「五色成文而不亂」。在說文解字中說明「文」字底構成說，「文錯畫也象交文」。根據這些解釋「文」是形象與色彩錯雜而生的紋樣並且是可以適用於和他相類似的一切現象的語詞。所以把他擴大開來講有「天文」有「人文」；周易賁卦象傳中說的觀天文以察時變觀人文以化成天下便是從「紋樣」的意義轉變一下成爲文字的意義再進一步指以文字綴成的文章而言。春秋左氏傳（宣公十二年）中說的「夫文止戈爲武」（「武」字是「止」「戈」兩字底併合）便是文字的意義釋名中說，「文者會集衆綵以成錦繡會集衆字以成辭義，如文繡然也」。（釋言語第十二）這便是說，如以色絲織成錦繡的紋樣綴集文字以表現某

種意義的；就是以文章爲「文」的又從紋樣的意義轉變一下用於事物之有文飾就是，對於「質」，謂之「文」；稱有文飾的言辭爲「文辭」，便是這個意義。如論語（雍也）中說「質勝文則野；文勝質則史。文質彬彬然後君子」。左傳（襄公二十五年）中說「志（古書）有之言以足志文以足言，不言，誰知其志言之無文行而不遠……非文辭不爲功愼辭哉」！便是還有把如此的有文飾的言辭表現在文字中的，也稱爲「文辭」，後世大多用這個意義和這個用作同樣的意義的「文章」「文獻」等時候的「文」是綴集文字的東西的意義所以可以知道同是關於文學的用語中的「文」的意義有着這兩個系統。

「文學」這個用語最早看到的，當推論語（先進）中說的「德行，顏淵、閔子騫、冉伯牛、仲弓；言語，宰我、子貢；政事，冉有、季路；文學，子游、子夏」列舉孔子門人底擅長的這句話吧。後世把這德行、言語、政事及文學稱爲孔門底四科邢昺底疏中把「文學」解釋爲「文章博學」，從儒家底思想上來觀察從這四科底對照上來看的時候這個解釋是很適當的吧。這便是研究學術又自很能把學

說著諸於文這是廣義的文學。荀子（大略）中說，「人之於文學也猶玉之於琢磨也。詩曰，『如切如磋如琢如磨』謂學問也。」墨子（非命下）中說：「今天下君子之為文學出言談也」這些，都是這個意義。就是荀子中把「文學」和「學問」，墨子中把「文學」和「言談」對照着這種觀念最明白地顯示了「文學」卽「學問」以上所述都是見諸於周秦底文獻中的；到了漢代，也是如此的。例如史記儒林傳中說：「夫齊魯之間於文學自古以來其天性也故漢興然後諸儒始得修其經藝」。又說：「及今上卽位使趙綰王臧之屬明儒學而上亦鄉之於是招方正賢良文學之士」這段話，是以指儒學而言為主的。

把「文學」當作「純文學」的意思與儒家及其他之學對立起來，這是從六朝纔開始的事。這裏我們試舉兩三個顯著的事實。宋書本紀中說宋文帝的時候設置儒學玄學（道家之學）文學、史學的四館，又說明帝的時候設立總明觀分為儒道文史陰陽的五部；六朝人說「文」、「文章」、「文翰」、「文筆」等，都是當作「純文學」的意思的。在書籍底分類上自宋王儉底七志開始纔對於詩文立「文翰志」的一門；梁阮孝緒底七錄把他改稱為「文集錄」。如晉摯虞著文章流別集總

二

集了詩文等等都是這種意思但是即令在當時稱一般的學問爲「文學」的古義還是存在着；例如，宋劉義慶底世說新語中「文學」一門是包含着關於儒家之學、道家之學及文章的事情的。此後這廣狹兩意並行着一直到近代即令在其狹義上所指的也以詩賦文章爲主至於包括了戲曲及小說來講這是由於清代末年以來受了西洋文明及日本人編述的中國文學史之類底影響纔產生的。這是他底大要。

第二章 周漢底文學思想

第一節 表現在「詩經」中的詩歌的觀念

詩經中所收集的作品底年代,據歷來的說法以為大約自周代初年到春秋時代定王的時候(約為公曆前一一八〇—六一〇)。所以詩經中所表現的,是現存的文獻中可以知道的最古的思想。據詩經,對於詩歌用「詩」、「歌」、「謠」、「誦」的四種稱呼。如小雅巷伯中說「寺人孟子作為此詩」,魏風園有桃中說「心之憂矣我歌且謠」,大雅崧高中說「吉甫作誦其詩孔碩」之類便是。「謠」是不奏樂器而徒歌的;「歌」是奏樂器而歌唱的;「誦」不歌唱而單單朗誦的;這些文辭似乎總稱為「詩」。(園有桃底毛傳中說,「曲合樂曰歌,徒歌曰謠」漢書藝文志中說,「傳曰『不歌而誦謂之賦』」)

關於「歌」與「詩」底關係,大雅卷阿中說,「矢詩不多維以遂歌。」毛傳解釋他說「明王使公卿

獻詩以陳其志遂爲工師（樂人）之歌」依據這句話來看詩人所作的韻文是「詩」，如其施之以樂，便成了「歌」。書經舜典中說，「詩言志歌永言」。國語魯語下中說：「詩所以合意歌所以詠詩」這些也都是這個意義。關於「誦」與「詩」底關係，大雅崧高中說，「吉甫作誦其詩孔碩」。依據這句話來看「誦」，恐怕是以朗讀爲主的韻文的體類「詩」是指其文辭的。由這兩者來看很明白「詩」是對於文辭的用語。

關於「詩」字底語源，在漢許愼底說文解字中以爲是由「言」與「寺」而成的形聲字「寺」是單單表示這個字底發音的無意義的符號，古體字以「士」代「寺」是省略了的文字但是明何楷底詩經世本古義中以爲「詩」字底古體在「言」旁作「士」字是正確的「士」便是「之」的地方表現出來便成爲「言」的意思是會意字這個說法是很妥當的吧我們試求其類例「志」字是「之」與「心」底拼合，就是「心」之所「之」的地方便是人之「志」如其志「之」於「言」這便成了「詩」。書經舜典中下定義說，「詩言志」詩經關雎底序中說，「詩者志之所之也在心爲志發言爲詩」。「詩」字到底是形聲字或者會意字這一點我們

姑且把他丟開但是，在「詩」「志」二字之間，是有着言語上的聯絡的，〈關雎序〉底說法，是很巧妙的解說這裏我們試把他與「文」的觀念對照着來看，「文」是文字，「文」的觀念成立的；「詩」只要以言語來發表意志便行了，不一定要借重文字的，這種思想在這裏，我出來纔成立的；「詩」只要以言語來發表意志便行了，不一定要借重文字的，這種思想在這裏，我們便可以看到了又從文字之流通及書寫法底不便利的上古底生活情態上來推論，也可以知道，詩歌是以口傳爲主而傳播開來的吧。

其次試就作詩底目的來觀察詩人往往在他底作品中表明其目的。（一）想藉詩歌來吐露胸中的煩悶哀愁的。〈小雅何人斯〉中說，「作此好歌以極反側」。〈小雅四月〉中說，「君子作歌，維以告哀」。諸如此類便是。（二）想藉詩歌來把作者底意志訴諸公衆的。〈大雅桑柔〉中說，「雖曰匪予，旣作爾歌」。（你雖則解釋說「做壞事的不是我」，但是我已經把你底事情做成這隻歌了已經不能遮蔽你底罪惡了？）。〈小雅巷伯〉中說，「寺人孟子（寺人官宦孟子他底名字）作爲此詩凡百君子，敬而聽之」！諸如此類都是預想了詩歌底傳播想藉詩歌來暴露事情底眞相，或者藉詩歌訴諸公衆的（三）想藉詩歌來讚美別人底美德而贈諸其人的。〈大雅崧高〉中說，「吉甫作誦（吉甫是這詩底作者尹吉甫）其詩孔碩（孔甚碩大）其風肆

好，以贈申伯」便是這個意思。（四）想藉詩歌來諍諫的。小雅節南山中說，「家父作誦（家父，是這詩底作者底名字）。以究王訩（訩亂）。式訛爾心（訛化，卽改心）。以畜萬邦（畜養）」便是這個意思。（五）以謳歌聖代爲目的。在大雅中如文王、大明、緜、思齊等敍述周之王室底祖德的詩歌，有十幾篇其中有出於作者自動地謳歌聖代的意志的，也有由於政府底命令的。上列的五項中（三）（四）（五）的三項相當於漢儒詩論中的「美刺」（就是以讚美及諷刺爲主要目的）的思想。

第二節　孔門底詩教

「詩」有爲了歌的詩與爲了誦的詩這在前節中已經講過了。但是詩經三百篇的詩歌，傳說都是合於音樂的。所以卽令是「誦體」的「詩」，如其他被採用到音樂中便與「歌」沒有區別了吧。但是到春秋時代盛行一種風氣並不把詩合之於音樂而單誦其辭就是，不單誦體的詩卽令歌體的詩也誦了。這叫作「賦詩」其事實在春秋左氏傳及國語中看到得很多所謂「賦」如漢書藝文志中說「傳曰『不歌而誦謂之賦』」其意義已被說盡了。這樣的賦詩是在如何的情況

之下實行的？當時諸侯卿大夫作外交上的會見的時候，朗誦古詩底一篇或一章作為一種的儀禮的應酬，託其辭意對於對手方暗示自己底意思。例如，左傳僖公二十三年記載着這麼的事情：晉太子重耳遭逢國難出奔異國當其在各國流浪時，曾經與秦穆公會見，穆公賦采菽重耳賦黍苗依據杜預底註說賦詩有截取其某一章而應用的當應用全篇時大多採取其首章底意義所以，在重耳與穆公會見時的賦詩，小雅采菽底首章是「君子來朝何錫予之雖無予之路車乘馬」這便是表示穆公想贈車馬給重耳的意思的吧。小雅黍苗底首章是「芃芃黍苗，陰雨膏之；悠悠南行，召伯勞之」，這便是表示重耳以穆公比召伯申謝其所需要的，並不拘泥於詩歌底本義的。左傳襄公二十八年中說，「賦詩斷章，余取所求焉」。常常任意地截取一章採用其所需要的並不拘泥於詩歌底本義的。左傳襄公二十八年中說，「賦詩斷章，余取所求焉」。常常任意地截取一章採用其所需要的，並不拘泥於詩歌底本義的。這個時候從把詩歌作為單純的樂歌來處置的階段，進了一步，在知識分子之間發生了考慮其歌辭底意義的必要；其用途即令是應用的，對於其歌辭的文學的意識比諸從前也明瞭得多了。把這種斷章取義的方法採用到學問上來，是孔子一門底詩教。

第二章　周漢底文學思想

一七

「子曰：『誦詩三百授之以政，不達，使於四方不能專對，雖多亦奚以爲』！」（論語子路）（卽會把詩三百篇完全暗誦了，如其掌執政務而不能施善政出使到外國而不能獨自巧妙地作賦詩底應對那便不行），便是說詩歌在這兩個用途上是知識分子底敎養上所必需的。再把這賦詩底斷章取義的方法應用到講學上拿他來修飾及證明其道德說，例如門人子夏就「巧笑倩兮美目盼兮素以爲絢兮」的詩句問「何謂也」？孔子回答說：「繪事後素」。（刺繡時白絲是最後用的）子夏了解他底意思說，「禮後乎」孔子便稱贊他很懂得詩歌。（見論語八佾）這詩句，在現在的詩經中沒有其原意很明白，是歌詠美人在其美質上加施白粉增加其美麗的。但是，孔子把他比諸於刺繡，子夏把他應用成講學上的意義就是，如白粉之於美人如白絲之於刺繡禮在人底修身上是完成人格的最後的敎養如此地把詩歌本義轉用爲講學上的意義，由於學詩可以通人情辦人倫得到社會上種種的知識，就是在常識底涵養上是大有利益的。孔子承認，但是，孔子並不是以把詩歌附會爲講學上的意義爲主的。孔子說，「小子何莫學夫詩詩可以興（引喩）可以觀（觀察世態），可以羣（處世）可以怨（訴不平）；邇之事父遠之事君；多識於草木鳥獸之名」。（論語陽貨）

一八

又說「人而不爲周南、召南」（周召二地之詩），其猶正牆面而立也歟」（同上）因爲二南底詩歌，是以歌詠男女底純正的情操爲主的，所以認爲對於人情教育是最適宜的。所以評論周南底首篇關雎說「關雎樂而不淫，哀而不傷」（論語八佾）讚美那歌詠君子淑女之純正的愛。孔子對於詩歌的最後的斷論是：「詩三百一言以蔽之曰思無邪」（論語爲政）這是選取作者底眞情底流露的，並不是對詩歌本身附以道義的見解的。但是也並不把詩歌當作純文學來鑑賞，想把他應用到智育德育上去這是不消說的事。

在前舉的孔子底話中，有「誦詩三百授之以政，不達」云云的語，爲什麼詩歌與政治有關係的？據朱子底注說「詩，本人情該物理可以驗風俗之盛衰見政治之得失」。所以，通詩學的人應用他，一定能夠通達政務。孔子論述學詩之益說：「詩可以興可以觀」。從這句話來推察朱子底解釋是很適當的吧。這種把詩歌和政治結起關係來的思想，再發展開來便產生了從前詩歌底採集其目的是爲供政治底參考的說法。如「獻詩」、「陳詩」、「采詩」等說法便是。國語周語中說「爲民者宣之使言。故天子聽政使公卿至於列士獻詩‥‥」禮記王制中說「天子五年一巡守‥‥觀諸

侯，……命大師（司樂的官）陳詩以觀民風」。漢書藝文志中說，「古有采詩之官王者所以觀風俗，知得失自考正也」。以爲詩歌是以如此的政治的意義而被探集以供爲政者之參考的這有着理想論的性質其史實的價值是頗可懷疑的我以爲這是因爲詩歌中有許多歌詠政治上的不平及社會上的缺陷的所以從作爲民衆底呼聲以供爲政者之參考的推理上產生出來的說法吧這裏把孔子底學詩有益於政務的說法更推進一步說詩歌原本與政治有密切的關係這是要把詩歌底儒學的價值更提高一層的。

第三節　漢儒底道義的文學思想

如前所述論語先進篇中舉着「德行」、「言語」、「政事」、「文學」的四科學而篇中，教導修學底方針說「行有餘力，則以學文」。「文」漢代馬融解爲古之遺文，鄭玄解爲道藝不論怎樣解釋這所謂「行」與「文」，都可以看作相當於先進篇中的所說的「德行」與「文學」的吧。

在修學上以德行爲先以文學爲後這是孔門底教訓這個教訓是萬世都可肯定的金科玉律但是

當誤解了其理解以德行為道德說以文學為文筆的時候，這便發生了道義底過信與文藝底蹂躪：於是文藝便不容易脫去道義的桎梏了。這便是使漢儒盛行這種傾向的原因他們離開了道義便不能鑑賞文藝以為文藝這東西在道義底支配之下不敢放肆地超越這繞有其成立底價值。周代文藝底傑作詩經與楚辭雖則是很好的純文學但是漢儒卻並不想把他從義道中解放出來──不，他們簡直用強地捉住了他把他嵌進道德的桎梏中這眞是太寃枉了。

詩歌是眞情底流露。孔子評論詩歌也說「思無邪」但漢儒卻竭力地宣揚詩歌於世道人心有益及詩歌之作為政治底參考是無上的資料這兩點不可思議地這種文藝的作品化而為道德學、政治學的教科書。詩經關雎底序中說「正得失動天地感鬼神莫近於詩」誇大詩歌底精神的感動力大為詩歌吐氣；但是當他高喊的喉嚨還沒有閉攏來的時候便說「先王以是經夫婦，成孝敬，厚人倫，美教化，移風俗」把詩歌拉到政治道德育底實用的功利主義上去了。關雎底序說是孔子底門人子夏做的，這是後漢鄭玄底詩譜以來流行的說法但在事實上決不是那麼早的東西我以為，詩序這東西大概是漢儒為了講經底便利而作的吧。關雎底序是通論詩歌的最可以看到其道

義的詩論其根本的思想是「吟詠情性」與「動天地感鬼神」，就是以爲作者之眞情底發表機關及給與讀者以大感動是詩歌底最顯著的性能利用這個性能到政治德育上去是詩學底本領。詩歌底性能發生作用的地方是很婉曲的，「下人民」利用詩歌底作爲眞情發表機關的性質婉曲地「風（諷）刺」「上爲政者」；但是是「下」之言之者無罪「上」之聞之者足以戒的。

又上爲政者利用詩歌底感動力使有益於德育的詩歌在民間流行藉以「經夫婦成孝敬厚人倫美教化移風俗」的效果在治平的時代這種「風刺」、「風化」下人民而收「經夫婦成孝敬厚人倫美教化移風俗」的效果在治平的時代這種「風刺」、「風化」的作用很順利地發生出來但是「至於王道衰禮義廢政教失國異政家殊俗而變風變雅作矣」所謂變風變雅是指慨嘆王道之衰微誹謗政敎之失敗等等的，充滿了不平之氣的詩歌，但是也會說變風變雅發乎情民之性也止乎禮義先王之澤也這樣地來辯護其並不反於道義就是以爲發洩其不平之氣是根據於詩歌之吟詠情性的本質的其思想不踰越道德底範圍是治平時代王者風化之餘澤的結果。

以上所述是漢代底詩學之一派的毛詩底說法此外有齊詩・魯詩・韓詩三家的詩學派，各異其

說，但是三家底詩論已經亡佚，不能詳知，只能根據清代學者之拾遺，窺見其概要。三家詩也以道義解釋詩歌，以「風刺」為主的觀念是共通地存在着的，例如歸屬於齊詩底系統的詩緯含神霧中說：「詩持也，敦厚之教自持，其心諷刺之道，可以扶持邦家者也」。毛詩底詩論說：「詩者，志之所之也」，齊詩卻說「詩持也」，這一點是大不相同的；但是，藉諷刺之道以助政治的思想是相同的。又，關於〈關雎〉一詩，魯詩說法與韓詩說法都以為是因為王溺於后妃之愛，詩人作此詩，歌詠那應以淑女配王的意思，來諷刺的作詩底動機，在於諷刺這是不消論述的。但漢儒尤是如毛詩極端地主張這一點，把作詩底動機大別為「美」與「刺」（卽讚美與諷刺），幾乎把詩三百篇底大半解為諷刺之詩。這個「美」、「刺」的觀念是與〈關雎〉底序中所說的「正風」、「正雅」及「變風」、「變雅」的思想相表裏的。在治世之音的「正風」、「正雅」中，「美」詩居多；在亂世之音的「變風」、「變雅」中，「刺」詩居多以這個理論作為基礎「美」、「刺」的理論，在某種程度上是可以承認的。因為詩歌底本質是吟詠性情的，性情不外乎喜怒哀樂四者，人喜樂斯美哀怒斯刺所以性情流露的地方有如採取「美」與「刺」的兩個方向的。但毛詩往往有濫用美刺之說以曲解詩歌

的傾向。這是因為固執着詩歌是供政治上的參考的這種功利主義,及由其道德的見解以為詩歌是都寫着是非善忍的批判的,因而想使人成為道德論者其最顯著的例子是:如在國風的詩歌中,許多關於戀愛及其他的男女之事的詩歌,或者把他解為讚美合於婦道的,或者把他解為諷刺風俗之頹廢的。以某詩為「美」的姑且不談;以某詩為「刺」的往往與純文學的見解相抵觸例如陳風東門之池一詩,是歌詠男女一方面做着把麻浸入池中的工作,一方面或者談話或者歌唱的。但在毛詩底序中卻說:「東門之池,刺時也。疾其君之淫昏而思賢女以配君子也」即令作如此迂遠的解釋,也沒有把這首詩當作諷刺之詩的必要。衛風氓一詩,是敍述一個鄉下姑娘為來買絲的男子所誘惑,後來卻給抛棄了,因而怨恨男子,自己傷悼的,野趣豐富的很有味道的作品但在毛詩底序中卻說氓一詩是諷刺時世的,說宣公時淫風大熾男女相奔誘女色衰則被棄;有一個女子遭遇到了這種事情後悔了,所以詩人歌詠這件事情讚美其後悔諷刺淫佚。平平心心地讀這首詩我們感覺到的是作者對於這個被抛棄的可憐的女子寄以同情毫沒有感覺到從道義上來美刺的心情。

離開了詩歌本義來解釋詩歌這是春秋時代之賦詩中的斷章取義以後的事情但是在賦詩及孔門底詩教中對於詩歌底本義是被默識了的只是把他轉成別的意義來應用了。到了漢儒便用這種底轉義來解釋詩歌有如這種的轉義便是本義所以已不是應用而成了曲解了。而且，為要把詩作爲儒學底經典保持其尊嚴其勢自將感到把詩附以道德說與自己底道義使一致的必要吧。把詩附會以道義這在毛詩最厲害其他三家底詩論以作者底本義爲目標的比較地多。試舉一例。周南漢廣一詩詠漢水之旁有遊女人家雖則慕戀她卻無由求之。毛詩解釋這首詩說，文王之道感化到南國漢水長江邊沒有作背禮的行爲的，使這首詩作求之的非禮的行爲；鄭文甫的曾經江漢之旁碰到了她思慕她贈以橘柚爲聘接受了她底佩玉放入懷中行數十步忽然佩玉不見了回顧遊女也忽然不見了以爲這首詩是歌詠這個傳說的。齊詩也似作爲這樣的意義解釋這首詩是否歌詠這個傳說的雖則不能立卽判斷但是看到三家底說法相同大概是根據古傳的說法吧。但是從不語怪力亂神這種儒家思想上來看這種傳說是應該排斥的，

所以毛詩便下頗爲道義的解釋了。如其如孔子評詩所說的「思無邪」那樣把情性之不虛僞的吟詠作爲其價值底要點那末便沒有強把詩附會到道義上去的必要吧又禮記經解篇中說：「溫柔敦厚詩教也……」：詩之失在愚又說其爲人也溫柔敦厚而不愚則深於詩者也這是作爲說明儒家在教育上用詩的要旨而被尊重的說法爲什麼教以詩能使人養成溫柔而敦厚的人格大概他們以爲詩經製作的時代人情很溫柔敦厚其風氣在作品中表現出來因而學詩的人也自會爲其風氣所感化的。如其果眞如此那末把詩附以道義引導到不通人情的堅苦的人格中去這是與儒家詩教底溫柔敦厚之要旨相一致的。因爲詩四家之中毛詩是最晚出的學派他底詩論是以興繼承孔子門人子夏底傳統的幌子樹立了旗幟的所以對於三家詩是以立異說爲己任的吧。而且他可不是以注重道義爲特色而跳出來的嗎？

次於詩經的偉大的文學作品楚辭作爲賦家之祖站在儒家底支配之外得到純文學的處理。但是，卽令楚辭也免不了儒家思想底掣肘，武帝時淮南王劉安評論楚辭底離騷說，「國風好色而不淫，小雅怨誹而不亂，若離騷者可謂兼之蟬蛻濁穢之中浮游塵埃之外皭然泥而不滓推此志雖

與日月爭光可也」稱讚其超脫塵世，這一點，是本諸於淮南王底道家思想的雖則當然有「擘脯往襄瀡」之嫌，可對於作者屈原是無上的讚辭但到後漢底班固卻站在儒家思想的立場上排擊淮南王底批評說：「斯論似過其眞。……今若屈原露才揚己競乎危國羣小之間以離讒賊」非難其不能明哲保身（「明哲保身」是儒家處世法之要訣）說「多稱崑崙冥婚宓妃虛無之語皆非法度之政經義所載謂之兼詩風雅而與日月爭光過矣」說離騷中所用的神怪的傳說是反於儒家經義的來非難他。（劉安與班固底評論楚辭補注離騷之後引）到王逸注楚辭對於屈原，給與極大的同情但是由儒家道義以修飾其美的地方也很不少他敍離騷說，「屈原履忠被譖憂悲愁思獨依詩人（詩經之作者）之義而作離騷上以諷諫下以自慰」這只是把儒家附於詩經的見解搬到楚辭上來又說「夫離騷之文依託五經以立義焉『帝高陽之苗裔』則『厥初生命時惟姜嫄』也；『紉秋蘭以為佩』則『將翱將翔佩玉瓊琚』也『夕攬洲之宿葬』則易『潛龍勿用』也『駟玉虬而乘鷖』『時乘六龍以御天』也『就重華而敶詞』則尚書咎繇之謀謨也；『登崑崙而涉流沙』則禹貢之敷土也」。求離騷之文辭底根源於五經沒有一處確當的其牽

第二章　周漢底文學思想

二七

強附會實很可笑；他以為由於使離騷與儒家底經典發生關係，反駁班固底非難，可以增加其學問的價值。而且書中到處稱揚屈原底忠義藉以暗暗地對抗說其缺明哲保身之德的非難我以為前漢中葉前後儒家是最高的權威所以不論非難屈原或者辯護他的人都依據儒家底學說，這並不是不可思議的事只是這種以道義解釋文學的風氣給與後世的惡影響實是中國文學思想上的一厄後世對於詩經不能從儒家思想中解放出來姑說這是不得已的事——但是註釋家甚至於對於漢唐底作品的見解也往往做做詩經以諷諫主義來附會這實是沒趣的事情例如杜甫底秋雨歎詩中有「老夫不出長蓬蒿稚子無憂遠風雨」句，宋人底分門集註杜工部詩中解釋說當時耆舊之臣（老夫）隱遁不出世因為賢者出世的路已被荆棘塞住不肖的小人（稚子）據要路亂國政，杜詩是諷刺這一點；這實是可以噴飯的。當然這是歌詠杜甫自己底貧窮的生活的，毫無什麼寓意。

第四節　賦家底貴族的遊戲的風氣

以上所述是站在文學作品之解釋及批評的立場的人底思潮；在作家方面，貴族的遊戲的傾向很盛。戰國時代王侯貴族極其橫暴成了庶民只是服勞役出租稅的人王侯君子是取諸庶民貪圖生活底安逸的人的情狀當時如孟子這種民主主義者私自感慨，曾經趁齊王底愛好音樂向他遊說勸他當與百姓同享受其娛樂在文學上，如詩經底國風那種民間的藝術與盛的時代，是孟子所謂「與民同樂」（梁惠王下）的其發展直到春秋時代纔終熄，卽孟子所謂「王者之迹熄而詩亡」（離婁下）果然在戰國末葉代替了詩歌而共起的辭賦有着貴族的傾向其鼻祖屈原是楚之王族其作品在思想上是豪華的在修辭上是典麗的充滿了貴族的氣息。至於被稱爲他底門人的宋玉以文學底技巧仕於楚襄王依王命作高唐神女等賦，以供王侯底娛樂。屈原底作品是由其不幸的境遇及多感的情熱而產生的眞實的活文學至於宋玉毫沒有什麼感慨只是爲了娛樂王侯，以其修辭的技巧來文飾內容底空虛實在這與俳優在貴族之前獻技毫沒不同的地方這是辭賦底產生遊戲的傾向的端緒這個傾向到了漢代更其發展了。

在戰國末秦與楚最大是互相對抗的到秦始皇倂吞六國一統天下，楚人底憤怨最厲害所以，

到始皇一死陳勝、項羽、漢高祖等底革命軍都從楚國底故地起來，終於高祖代秦而奠定了天下。這個楚人在政治上得了勝利的形勢也影響到文學上於是楚文學開始盛行辭賦便與盛了。高祖兄子濞被封爲吳王好招致天下底娛遊子弟其中善辭賦的有枚乘、鄒陽、莊忌等。到吳王反因爲梁孝王好文學他們移居到他底宮廷中於是梁便蔚然成了文學底中心文士們大作其辭賦以供奉王底娛樂梁王死後因爲武帝愛好辭賦自司馬相如始代表的文士都集合在他底宮殿中後來宣帝成帝也傚做武帝以文士爲近臣辭賦如此地在天子王侯庇護之下大大地與盛因而更其助成了其貴族的遊戲的傾向。在現在傳爲辭賦名作之中如枚乘底七發司馬相如底子虛賦是爲梁孝王而作的；相如上林大人兩賦是獻給武帝的揚雄底甘泉、河東、羽獵、長楊四賦是獻給成帝的：這種以供天子及王侯貴族底娛樂爲目的而作的辭賦很多。據漢書王褒傳宣帝底太子曾患神經衰弱症宣帝詔王褒等侍奉太子朝夕誦讀古今的奇文及他們自己底作品太子底病果然好了太子喜歡王褒所作的甘泉、洞簫兩賦使後宮貴人左右都誦讀他。單拿這一個例也已可以想見當時在王侯貴族之間辭賦及其他的奇文被當作高尚的娛樂品在誦讀的情況了。娛樂一進步應該走上文

學之正確的理解的路上；但是那個時候還沒有進展到這個地步而且為要提高辭賦底價值還不能不借儒家底理論來解釋。例如王褒傳中說宣帝從王褒、張子僑等文士遊獵在所幸的宮館中常使作歌頌品第高下賞賜以帛。因此羣臣中很有一些人諍諫說這是淫靡而不急的事宣帝不聽說，「辭賦大者與古詩（指詩經）同義小者辯麗可喜。譬如女工有綺縠音樂有鄭、衞今世俗獨皆以此虞（虞與娛同）悅耳目辭賦比之尚有仁義風諭鳥獸草木多聞之觀賢於倡優博奕遠矣」！就是辯說辭賦是儒家經典之亞流使認識其價值而且把辭賦比諸俳優博奕作為玩弄品中之雄者來處理。

然作者方面來觀察為了要把辭賦從被看作玩弄品中救出來而保持其權威有的人由於在辭賦中寓以諷諫之義把辭賦提高到與詩經同等的地位上。漢書司馬相如傳及揚雄傳都是採用其自敍傳的；關於其中所載的兩個人底辭賦都說明了在他們底辭賦中寓着諷諫之意。這種想藉諷諫來提高辭賦底價值的思想是借用儒家對於詩的理想的並不是辭賦家獨自的見解。不單辭賦如東方朔以滑稽的文章諷諫武帝這似乎是當時文士們想匡正王侯貴族之看作玩弄品的唯一的辦法但是諷諫這回事俳優也是優為的在史記底滑稽列傳中舉着許多例子所以即令文人

寓以諷諫之義但君主絕不感動君主對於辭賦是把他與俳優放在同等的地位上的。如作家揚雄，感覺到這一點是很傷害文士底誇耀的晚年幾乎廢去作辭賦了。漢書揚雄傳中引用揚雄底話說，「雄以為賦者將以風之必推類而言極麗靡之辭閎侈鉅衍，競於使人不能加也旣乃歸之於正然覽者已過矣。（雖在作品中寓以辭賦之正道的諷諫之義但讀者不理解他）往時武帝好神仙，相如上大人賦欲以諷帝反標標有陵雲之志。（武帝讀了大人賦只作登仙之想絕不感覺到諷之諫意）。由是言之，賦勸而不止，明矣又頗似俳優淳于髡優孟之徒非法度所存賢人君子詩賦之正也」。揚雄是憤慨極了；但是許多作家甘於為王侯貴族視作俳優專屬心於文字之彫琢修飾橫溢着遊戲文學的氣味所以揚雄把這些人稱為「辭人」與繼承詩經底系統以諷諫為主的一派分別開來在他底著作法吾子篇中說，「或問：『景差唐勒宋玉枚乘之賦也益乎』？曰『必也淫』。『淫則奈何』？曰『詩人之賦麗以則，辭人之賦麗以淫。如孔氏之門用賦也則賈誼升堂，相如入室矣如其不用何！』」揚雄是浸潤在儒家思想中的作家所以排斥遊戲的風氣提倡諷諫主義這是不能看作代表一般的傾向的。例如司馬相如底子虛上林兩賦竭力敍述王侯遊獵底盛況在其篇末論述道如當今國運隆盛時，

作為王者之娛樂的遊獵是可喜的，但以諸侯之細卻不可行王者之娛樂，這纔看到諷諫之義如其說作者底眞意在諷諫這實在很難了解的；我以為這只是借了諷諫之義來救解徹頭徹尾的遊戲文字的。這還是因為不能脫去儒教思想底羈絆吧。脫去這種儒家的迷信覺悟到文學底獨立從遊戲的風氣進展到文藝至上主義的見地這是魏朝以後的事。

第五節　王充論衡底儒學文學調和說

以修辭為主的辭賦底盛行，也影響到其他的文章上，於是，尊重修辭的風氣便漸漸興盛了。這種潮流，到了後漢特別顯著在思想家歷史家底文筆中也可以看到這種傾向這個時候卽令在儒者之中在以講述五經之義為專職的人之外產生了根據經義而將自己所思索的寫成文章以示其文才的一派前者是單單講述經書之義的後者是儒者而兼文人的。在這裏關於前者不必敍述。後者，有前漢末葉的劉向、揚雄及後漢的桓譚王充王符仲長統荀悅等。其中王充在他底著作論衡中常常論述文章底應該注重藉以對樸學之徒挑戰他在他底書解篇中分別「文儒」與「世儒」，

第二章　周漢底文學思想

三三

論述文儒底優勝他說「著作者爲文儒，說經者爲世儒」。這是他底分別，文儒是以文筆著作其學說的，世儒只集徒講釋經書而已。文儒優於世儒的理由是：世儒之業容易所以世人學他的很多，文儒之業是孤立的，並不集徒講釋，但其著書底文章奇偉而傳播於世那方面只是限於當時的口述；而且世儒在當時雖則受世人底尊敬但是如其不記錄在文儒這方面可以保存其學說在文篇中而世儒所講究的五經，是底書中甚至於他底事跡都不會傳諸後世文儒便不如此例如漢代底文章家陸賈、司馬遷、劉向、揚雄自己在著作中發揮其才能其爲後世所稱並不靠別人底力是的，但如詩經學者魯申公及書經學者歐陽氏一家如其不記載在司馬遷底史記中世人將不知道吧。他還說世儒所講究的五經，是遭秦代焚書之厄而殘缺不全的，諸子之書免遭焚書是完完全全的，其文義與經書相近根據諸子之書可以知道經書底錯誤他嘲笑世儒是只講究五經的。

他又在超奇篇中分別「儒生」、「通人」與「文人」、「鴻儒」：專門講釋五經中之一經的，爲儒生博覽古今典籍千篇以上萬卷以下而爲人師的爲通人采掇羣書而作上書奏記等關於政事的文章的爲文人精思立說著之於文連結數篇而成一書的爲鴻儒他品評次第說儒生過俗人

通人勝儒生文人蹤通人鴻儒超文人。因為所謂「儒人」與「通人」屬於前面所謂「世儒」「鴻儒」是「文儒」吧。儒生是他最所鄙薄的，諸儒生之上的通人他更尊重文人，這是因為「通人覽見廣博不能掇以論說」所以通人而兼文人的為最上，這便是鴻儒在鴻儒之中，歷史家不及思想家。關於這一點他是拿實例來說明的，如谷永唐林工於作上奏文，但不能連結數篇而成大著作。司馬遷、劉向、善成大著作（指司馬遷底史記，劉向底說苑新序等）遠過谷永、唐林，但他們只能涉獵既成的文獻記述古今的事蹟卻沒有在自己底胸中思索了的論說。陸賈董仲舒論說世事發表自己底意見但很淺薄陽成子長作樂經（今已亡佚）揚雄作太玄經其思想很深刻，可以比諸孔子作春秋。他是思想家由他底立場如此論述這是當然的，重視文人這一點很可注意。

他在佚文篇中併合上述的文人與鴻儒稱之為「文人」。他大膽地說，「孔子，周之文人也」。

他把文人所作的文章大別為五種：「五經六藝」便是遵儒家之經典而作的文章「諸子傳書」便是本諸古代思想家及其他的著作而作的文章；「造論著說」便是論說關於當世之事的意見的文章；「上書奏記」便是關涉政事上諸朝廷的文章「文德之操」（書解篇中說「德彌盛者文彌縟，

……大人德擴其文炳，小人德熾其文斑。……德高而文積。佚文篇中說「大臣君子以文爲操」這便是說，藏於內的德，現於外便成了威儀品格吧」?便是論述德行人品之操守的文章。其中「造論著說」的文章最難作因爲是發表胸中的思想論述世俗之事的並不是單單諷誦古經誦讀古文的所以在講釋經義的人無論如何做不到而且宣揚君主之德傳國家之業於千載也是這種文章所以是五種文章中最可尊重的。孔子贊美周之至德孔子是周之文人如其孔子生於漢代也將贊美漢之至德吧文人之美者輩出是國家底瑞徵爲什麼呢？因爲國君聖則文人聚文章並不是「徒弄筆墨爲美麗之觀」的，是「載人之行傳人之名」的所以「善人願載思勉爲善邪人惡載力自禁裁」。那末「文人之筆」是「勸善懲惡」的證法在一字之中表示善惡這也便成了勸懲何況文章是「極筆墨之力定善惡之實」「言行畢載」「流傳於世」的，所以文章是可尊的。把文墨底效果歸諸於勸懲主義的說法是把孔子底春秋附會以褒貶的筆法的說法之移植絕不足爲奇但是說文章是傳國家之業於千載的，及說文人底輩出是國家底瑞徵這個說法是使文章底效力樹立了權威的。這個說法再進一步，便向魏曹丕高唱的「文章經國之大業，不朽之盛事」的潮流中捲進去了。

第三章 魏晉南北朝底文學思想

第一節 魏晉時代純文學評論底興起

後漢末代表的文人建安七子之一的徐幹，在他底中論藝記篇中說：「藝，藝德之枝葉德人之根幹：斯二物不偏行不獨立」又說：「人而無藝則不能成其德，故謂之野；若欲為君子必兼之乎」？又說：「盛德之士文藝必衆」這裏所謂「文藝」是學藝的意思並不是專論文學的其思想完全是儒家的，這是文士還不能使文學從儒學的桎梏中脫離出來。至於與他有文交的曹丕（魏文帝）底典論論文篇（全書已亡佚只此篇存文選中）專評論文章，表示了想使文學卓然獨立的抱負他說：

「蓋文章經國之大業，不朽之盛事。年壽有時而盡榮樂止乎其身二者必至之常期，未若文章之無窮。是以古之作者寄身於翰墨見意於篇籍不假良史之辭不託飛馳之勢而聲名自傳於後」。

在漢代以儒家為「經家之大業」。現在他表示了想以文章代替儒學的地位的意氣文儒底著作是不朽的，可以不靠別人底力量將其聲名傳諸後世，這是王充也已說過了的；曹丕卻洗乾淨了儒家的氣息對於文人給與這個不朽的生命他所謂「文章」是什麼？他說，「夫文本同而末異。蓋奏議宜雅書論宜理銘誄尚實詩賦欲麗此四科不同故能之者偏也唯通才能備其體」這四科，是列舉文體中之主要的，並不是總括了當時的文體的；但是他底範圍與後世當作「文章」的大略相同與現在我們目為「文學」的其概念是一致的。「奏議」是議政事上諸朝廷的文章是王充論衡中所謂「上書奏記」；「書論」是書翰文及議論文；「銘誄」是器物等底銘文及弔死者的祭文。「詩賦」與「銘誄」是「有韻之文」，「奏議」與「書論」是「無韻之文」其次他把「氣格」作為文學鑑賞底標準他說，「文以氣為主氣之清濁有體，不可力強而致」這是說在文章中表現出來的氣之輕清重濁，由於作者底個性體格是決定了的，所以這不是勉力可以得到的。他還說「譬諸音樂」，在音樂上曲譜是固定的由於演奏者底不同，「引氣」（據文選五臣註「引氣」是吹管樂器時氣息進去的情狀）也便不同或者他底這種文學論是從音樂上的理論上產生的，也未可

知他根據這個主張評論當時的文人。他說的「徐幹時有齊氣」（文選李善註，「言齊俗文體舒緩」）「應瑒和而不壯，劉楨壯而不密，孔融體氣高妙有過人者」都是以「氣」為主來評論的。他在這篇論文中注意到作品與作家之個性底關係實是中國文學思想史上應該大書特書的高明的見解。

他底弟弟曹植，在作為作家的成就上是遠勝於曹丕的，實是當時坐第一把交椅的作家；但是在主張文學底重大上卻沒有曹丕那樣勇敢他在他底與楊德祖書中說「辭賦小道未足掦揚大義，彰示來世也」他已是藩侯在這裏表示了他想大舉治績的抱負因為事情已經放在自己身上，所以不能說以一介文士所做的事情為滿足這是當然的他底父親曹操雖是所謂奸雄但是很愛好文學把當時文人中傑出的孔融、王粲、陳琳、徐幹等七子集合在自己底門下（這些人學者稱之為建安七子或鄴下七子）所以魏國底文學很是與盛他們也兄也與七子等切磋文章。在曹植底與楊德祖書中可以看到一點在這環境之下，釀成了文學批評這是極其自然的趨勢這一點在曹植底與楊德祖書中可以看到一點前有書影子。他說「以孔璋之才不閑於辭賦而多自謂能與司馬長卿同風譬畫虎未成反為狗也前有書

嘲之，反作論盛道僕之著述」。又說，「僕嘗好人譏彈其文，有不善者，應時改定」。又說，「劉季緒才不逮於作者而好詆訶文章掎摭利病」。看了這些話可以知道在他們之間從作者底長處及短處之概評，一直討論到字句底細密的精究。而且，在曹丕底與吳質書中，簡單地評論鄴下七子中六個人底文章。在曹植給吳質及吳質復曹植底書簡中，互相稱揚來信底文辭之美。甚至於在書簡中對於別人底文章都給與興味及注意；所以我們可以推測在其平生底談論中一定大事議論文章的。所以到了這個時候文章底權威是顯著地提高了。但是對於短篇的文章還感到不滿足。與王充底以為「連結篇章」而「造論著說」為最上一樣以整理自己底意見，著述一書為最高的理想。

他們把這種著述稱為「一家言」。曹丕在與吳質書中悼惜七子中徐幹陳琳應瑒劉楨四人底「一時俱逝」（建安二十二年惡疫流行四人俱逝世）對於徐幹贊美為「著中論二十餘篇成一家之言辭義典雅足傳後世此子為不朽矣」對於應瑒哀惜為「常斐然有述作之意其才學足以著書美志不遂良可痛惜」。又曹丕自己著典論五卷也不外於這個意思吧。（典論他底兒子明帝把他刻在石碑上的本，唐代亡寫本也於宋代亡。徐幹中論現存）曹植底與楊德祖書中也斥辭賦為小道說，「將采庶官之實錄，

辯時俗之得失定仁義之衷成一家之言」，表示他底抱負。（以上諸家底書簡俱載文選中）。

到了晉代文章底討論是更其精密了。先是陸機著文賦（見文選），論述做文章的態度、用意，及文章底本質修辭等。因為文賦底文體是富於修辭的辭賦，所以有論旨難於說得很清楚的遺憾；但是，他對於文章的觀察法，是很藝術的，毫沒有儒家的氣息。最可以注意的，是他力說文章底力量之偉大。他說「罄澄心以凝思眇衆慮而為言籠天地於形內挫萬物於筆端」。把這句話與藏勸戒於筆端的漢儒底見解相比較，眞有上天下地的差別。其次他就思想與文辭底關係說：「（義）理扶質以立幹，文（辭）主修以結繁（葉）。」（從思想的本幹產生枝葉的文辭）。又說，像人底感情顯示在容貌上一樣為哀樂的情感所激動，會顯示在文章上的其體例雖則千差萬別但是總之，「（文）辭程（準）才以效技（立）意司契（合）而為匠」（文辭是技巧思想是技術者）。照主意所命地遣辭，即使離開了一定的規矩而所期望的在於窮盡事物底形相所以期望外觀底華美的重尚浮豔之辭期望內

容底充實的尊貴義理之當。雖則隨着詩賦、碑誄銘箴頌論奏說等文體底不同而趣致也不同，但是總之在於「辭達（達其意）而理舉（盡其事）」以上所述是文賦底要旨根據上述的話可以知道他比注重「文」「辭」更注重「意」「理」但是從他自己底作風上來觀察實是傾向修辭的。上述的說法大概是壓抑其個人的趣味，而樹立公正的議論的吧他在文賦中常常注意到意理與文辭底關係，而加以論述是期望內容與外形底兩全的這實是採取達意主義與修辭主義底折中的說法。這可以看作從漢魏底達意主義轉換到齊梁底修辭主義的過渡期的思想底代表的吧我們試舉其一端他說「其會意也尚巧其遣言也貴妍暨音聲之迭代若五色之相宣」根據這句話可以知道在「意」與「言」兩者都貴「美」之外更注意到誦讀文章時的「音聲」底「美」，就是，各字音相互的關係，恰如錦繡底色彩煥發能給與音樂的美感關於文章底音調的說法後來到齊、梁時代是大為倡道的；他底這句話作為這一類的說法底先聲是很值得注意的

當時有評論文章的專門的著作產生了。李充翰林論三卷與摯虞底文章流別志論二卷便是。（清嚴可均全晉文卷五）是很遺憾的事兩書都已亡佚不傳只散見於唐宋間的類書等之中所引用的。

十三，輯翰林論八條卷七十七，輯文章流別論十一條）。這種專著底產生是告訴我們當時對於文學的注意是顯著地增進了這種專著底產生與文章底總集之編纂有着密接的關係據隋書經籍志摯虞著文章流別集六十卷、志二卷、論二卷這是後漢末建安年間以後辭賦的作品漸漸增加個人底文集也多起來了把文集一部部地來看倒底是吃力的事情所以摯虞編纂這部書分類地選集諸家底詩文這是總集底開始所以可以知道他底文章流別志論是作為這個總集底附錄就其中所集的文章加以論列的。李充底翰林論據說原來也有五十四卷所以這也定然是在總集中附錄了「論」的總集底編纂與評論應是如此地關連着與起了的這是可以看作後漢末以來尊重文章的潮流漸漸掀高而達到了尖頂上的產物的。文章流別論如書名所表示的那樣又就現存的斷篇來看其目的是論列文體底區別及源流作為文體論似是非常精密的在梁鍾嶸底詩品中評論這部書說：「摯虞文志詳而博贍」摯虞下文章底定義說：「文章者所以宣上下之象明人倫之敘窮理盡性以究萬物之宜者也」所謂「上下」是天地吧；他是說論述自然及人生底一切現象及理法的是文章其次敘述各體文章之產生底所以然他說「王澤流而詩作成功臻而頌興德勳立而銘著嘉

美終而誅集視史陳辭官箴王闕」。然後論列各體底源流。我們試看他對於辭賦的意見其大意說，辭賦是「古詩（詩經）之流」荀子和屈原底作品還頗有古詩之義自宋玉以來淫浮的弊病便漸漸厲害起來了現在的辭賦便是這個系統其差別是：「古詩之賦以情義為主以事類為佐今之賦以事形為本以義正為助。情義為主則言省而文有例矣；事形為本則言富而辭無常矣。文之煩省辭之險易蓋由於此」。就是，屈原底辭賦是抒情的；反之，宋玉以來的成了敍事的了。他對於離開「詩言志」的本義太遠的加以非難所以這個說法只是繼承了「詩言志」與「辭人之賦」的說法擴展了的但是到了他論述卻更其精密了。又他評論枚乘底辭賦許為不失諷諭之義，而後人倣傚他的作品大多有「辭人淫麗」的弊病，這也只是繼承了揚雄等底諷諫說的。此外他對於詩歌也有繼承漢儒底說法的地方。總之，他底「論」似是把前人底說法集大成了的；只是其論述底精密及以文學史的眼光論列文章這兩點是很值得注意的。例如「表行是就各體文章簡評優秀的作家及作品的。鍾嶸底詩品貶為「李充翰林疎而不切」。李充底翰林論只剩了不到十宜以遠大為本不以華藻為先若曹子建之表（曹植底求自試表求通親表之類）可謂成文矣諸葛亮之

表劉主〈出師表〉裴公之辭侍中（晉裴頠底辭專任門下事表），羊公之讓開府（羊祜底讓開府表），可謂德音矣」。他是下這樣的批評的此外說晉人潘岳底文章過於修辭又說「讚」的文體，「宜使辭簡而義正」從這種論調上來看可以說他是採取達意主義的。在魏晉間從作品上來觀察漸漸傾向修辭主義但在思想上還保持着以達意為正當的見解這在上述的陸機摯虞及李充底文論中可以明白這是與此後的南北朝時代專奉修辭主義的思潮不同的地方。

在魏晉間道家及神仙思想很流行這是後漢儒學盛行底反動及由於人心厭惡社會擾亂的逃避的自然在文學上也反映了出來在作品中敍述這種思想的很不少但是在文學思想上特別可以認為由道家底學說領導的，倒並不顯著只有在神仙家的晉代葛洪著述的抱朴子底鈞世尚博、辭義文行等篇中吐露了對於文學的意見往往攻擊儒家底文學論他非難儒家者流底文學論從前的著者才大思深所以其文隱微難曉現在的人意淺力近所以其文淺露易見他說這實是大錯的他說，「古書之多隱，未必昔人故欲難曉，或世異語變或方言不同」，「或雜續殘缺，或脫去章句是以難知似若至深耳」又說，「尚書者政事之集也然未若近代之優

文、詔策、軍書奏議之清富贍麗。毛詩者，華彩之辭也；然不及上林（漢司馬相如作）、羽獵（揚雄作）、二京、（後漢張衡作）三都（晉左思作）之汪濊博富」又說「並美祭祀，而清廟、（詩經周頌）雲漢、（詩經大雅）之辭何如郭氏（晉郭璞）南郊之豔乎？等稱征伐，而出車六月（俱詩經小雅）之作，何如陳琳武軍之壯乎？近者夏侯湛、潘安仁並作補亡詩白華、由庚、南陔、華黍之屬，諸碩士高才之賞文者，咸以古詩三百，未有足以偶二賢之所作也」。就全體來看，古代是事事醇素的，近代是施以雕飾的。這是隨着時世底變遷的現象是自然之理（以上見鈞世篇）。他駁斥成為儒家底通說的「德行為末」的論調說「德行為有事，優劣易見，文章微妙，其體難識。夫易見者粗也；難識者精也。夫唯粗也，故銓衡有定焉；夫唯精也，故品藻難一焉。吾故捨易見之粗，而論難識之精，不亦可乎」；而且「文章之與德行猶十尺之與一丈」只是名稱不同沒有實質上的差異。例如卽令以德行為本，文章為末，「本不必皆珍末不必悉薄」。他底關係，「譬若錦繡之因素地珠玉之居蚌石……則文章雖為德行之弟，未可呼為餘事也」。（以上見尚博篇及文行篇）鈞世篇中的說法是說明了文學有進化的，這是可以打破尚古主義的迷夢的卓見尚博篇及文行篇中的說法是要為文章大吐其氣的

理論卻很貧乏。但是竟對於儒家作肉搏的奮鬥，實是很值得注意的產物，只有在道家思想與盛的晉代纔能產生的。他是研究神仙之術的道士他底文章富於藻彩在文學上造詣很深所以他底說法不能說是單純的大言壯語。

第二節　南北朝底修辭主義

在魏晉間，道家思想盛行，儒學底權威隊地，一方面尊重文學的風氣漸開文學底獨立自主也漸漸地確立了終於到於宋文學便給與儒學放在對等的地位上了其顯著的例子是文帝時並置儒學玄學（道家之學）文學史學的四館為學府；明帝立總明觀分為儒、道、文、史、陰陽的五部。（見宋書本紀）又當時范曄編述的後漢書中纔與「儒林傳」相對立了「文苑傳」這些事實明明是在說明把文學作為一科之學而承認其獨立的這個時候評論文學的代表的專著在梁鍾嶸底詩品中，評為「王微鴻寶，密而無裁顏延論文精而難曉」但現在連這些專著底影子也不留存了只在范曄底獄中與諸甥姪書（宋書本傳）中稍稍看到一點論文的話他底論調與魏晉人沒有多大的

差別，以達意為主以修辭為佐。他說，「常謂情志所託當以意為主以文傳意，則其旨必見；以文傳意則其詞不流（「流」是無節制的意思）然後抽其芬芳振其金石耳（修飾文學諧和音調）」這一段話作為議論是很確當的；但是他底著作後漢書底文章表示著漸漸與齊梁底修辭的文體相接近了。不單單他一般的潮流是在漸漸地傾向修辭主義這是由作品來顯示了的。而且他對於文章底音調特別注意他在上述的書簡中自負地說「性別宮商，（宮商是音調的意思）識清濁斯自然也。觀古今文人多不會了此處」梁鍾嶸底詩品中也引王融底話說古人中范曄與謝莊是頗解音調的這一點可以說是他自己與別人所共許的。

陸機說「音聲之迭代」范曄說「振金石」這種注意文章底音調的思想到了齊、梁之間成為沈約等底聲韻說捲起了大風雲這是把魏以來言語學上顯著地進展的聲韻研究底結果應用到詩文上去的起初是魏孫炎受了梵語學底影響唱導字音底反切李登著聲類十卷把文學底音調分為宮商角徵羽（音樂上的用語音階名）五聲晉呂靜編韻集六卷倣傚李登底方法。到齊、梁之間有新說產生以平上去入的四聲代替了宮商等五聲的分類周顒底四聲切韻，沈約底四聲譜，是

其代表的著作所謂「四聲」是中國字底音卽令其發音相同，而其中也有音調底不同，這有四種分別叫作平聲上聲去聲入聲最初企圖利用這個四聲底分別調整詩文底音調的，據南齊書陸厥傳是永明年間沈約謝朓王融周顒掀起了這個運動的，所以世間稱爲永明體據梁鍾嶸底詩品（下品底序）是王融首創謝朓沈約贊助的，三個人都是貴公子而且有文才所以士流都很景慕這終於使做文章多拘忌而傷害其眞美。沈約發見了「八病」之說的法則；就是，主張在詩文底音調上應該避免的八種缺點所謂八病便是平頭上尾蜂腰鶴膝大韻小韻正紐旁紐的八項他底說明，在現存的中國底書籍中論列的不多在日本弘法大師底文鏡祕府論（卷五）中敍述得最詳細這八病是以就五言詩論列爲主的這八病是由下列的三種法則成立的（一）平頭上尾蜂腰鶴膝是關於四聲的法則；（二）大韻小韻是關於韻的法則；（三）正紐旁紐是關於紐的法則。

（一）關於四聲的法則——在五言詩底一句中或兩句四句中規定某處的字與某處的字不能用四聲中同聲的字例如其一方面用平聲的字那末別一方面應該用上去入三聲中之一的字。下面試圖解其忌同聲的地方。（「○」號及「△」號是忌同聲的地方。）

中國文學思想史綱

（一）平頭 ⎰□□△□□○⎱ 例 ⎰芳時淑氣清 「芳」平聲⎱
　　　　⎱□□△□□○⎰　　⎱提壺臺上傾 「時」平聲⎰
　　　　　　　　　　　　　　　　　　　　「提」平聲
　　　　　　　　　　　　　　　　　　　　「壺」平聲

（二）上尾 ⎰□□□□○⎱ 例 ⎰西北有高樓 「樓」平聲⎱
　　　　⎱□□□□○⎰　　⎱上與浮雲齊 「齊」平聲⎰

（三）蜂腰 ⎰□□○□○⎱ 例 ⎰竊獨自彫飾 「獨」入聲⎱
　　　　　　　　　　　　　⎱　　　　　 「飾」入聲⎰

（四）鶴膝 ⎰□□□□○⎱ 例 ⎰撥棹金陵渚 「渚」上聲⎱
　　　　⎱□□□□□⎰　　⎰遵流背城闕　　　　⎰
　　　　⎱□□□□○⎰　　⎱浪蹙飛船影 「影」上聲⎰
　　　　　　　　　　　　　⎱山掛垂輪月　　　　⎰

在上列的例子中，「芳」字與「提」字及「時」字犯平頭，「樓」與「齊」犯上尾；「獨」與「飾」犯蜂腰，「渚」與「影」犯鶴膝這四病，是要在句中或各句相互間，在聲律上重要的地方避免同聲底重複的。

(二)關於韻的法則——五言詩以兩句爲一聯，低下的一句底句末，照通例是押韻的。在這裏，以與押韻的字同韻的字用在其他的九個字中爲犯「大韻」；以在押韻的字之外的九個字相互間用同韻的字爲犯「小韻」例如：

（五）大韻　　紫翮拂花樹　　黃鸝閑綠枝。　　「鸝」與韻腳的「枝」同韻。

（六）小韻　　搴簾出戶望　　霜花朝瀁日　　「望」與「瀁」同韻（韻腳是「日」字與他無關）。

這是因爲要使韻腳的韻響亮的緣故如其在別的地方有同韻的字的時候便會妨礙了聽覺底集中在韻腳上而減去其效力這便叫作「大韻」的病「小韻」的病是本諸避免韻底重複以求變化的觀念的吧。

（三）關於紐的法則——什麼叫「紐」？這是應該先弄明白的。如其參酌文鏡祕府論（卷一調四聲譜條，卷五正紐條）底說明來下定義所謂「紐」是指發音相同而四聲不同的一輩字紐底字義，是「結也束也」是可以把這些字結束爲一組的意思吧。例如「郞平朗上浪去落入」是一紐「黎平禮上麗去捩入」又別爲一紐這樣的叫作「正紐」爲說明「旁紐」不能不一講中國字音底

構造一個字底音是由「聲」與「韻」成立的。例如，「漢」字底音為 Han 可以分解為 H（聲）與 an（韻）這個「聲」與「四聲」的聲本質上不同這個「聲」與「四聲」相同的一輩字叫作「旁紐」。例如任忍辱柔蠕仁讓尒日成為一紐。（這個例子據文鏡祕府論所引劉氏底說法）把犯正紐犯旁紐作為病，是規定在五言詩一句或兩句中屬於「正紐」或「旁紐」的字不得用兩個以上例如下列的例子便是犯了這種病的。

（七）正紐　我本漢家子　來嫁單于庭

「家」平聲　「嫁」去聲　發音相同

（八）旁紐　元生愛皓月　阮氏願清風

「元」「月」「阮」「願」都有 g 聲

這是因為要避免同聲底重複吧以上所述以就詩歌而論述為主；在文章中在其對句的地方，也應用這個法則當時對於沈約底聲韻說贊成的都很多在反對論者方面南齊底陸厥與他書簡往復相論難（見南齊書陸厥傳）北魏底甄琛也與他書簡往復上下其議論（其往復的書簡載文鏡祕府論卷一中）在贊成論者方面齊王斌著五格四聲論北魏常景作四聲讚（見文鏡祕府論卷一）。但是這個說法一出對於文學給與了很大的影響對於修辭主義開始了新境界在文章方面對於當

時的駢體文底成立幫助了一臂之力；在詩歌方面成了唐初的律詩底成立的遠因。

從這個時候起文學論更其與盛其考察也更其詳密了。現存的文學論的雙璧，是劉勰底文心雕龍十卷與鍾嶸底詩品三卷。劉勰與鍾嶸都是自齊至梁的有榮譽的人。文心雕龍是由五十篇而成的大著作：自原道至正緯四篇以論列文章底起源爲主自辯騷至書記二十一篇論列文章底各體兼明流別；自神思至定勢五篇論列作文章底基礎自情采至隱秀十篇是修辭論自指瑕至程器九篇是可以看作一般地講述文章上重要的事情的總論的部分最後的序志一篇是自序是如此地廣汎而且組織整然地概論了文學的這部書是代表當時的修辭主義的文學思潮的議論他也旁取漢儒底儒家的文學論有要矯正當時的人趨向文章底修飾而流入浮華的弊病的意向。但是他與漢儒底「德爲本而文爲末」的思想不同他以爲文是翼贊經的所以有價值。六經是一切文學底根元他似乎抱着想把六經也包括在文學之中的企圖。先看關於文學底起源他以爲文有「道之文」、「人文」、「言之文」的三種。「文之爲德也大矣與天地並生」爲什麽呢？因爲天地間的森

第三章　魏晉南北朝底文學思想

五三

羅萬象是「道之文」「惟人參之」，便成了「人文」，「人文之元肇自太極（是宇宙底根源萬物發生底符號）」到孔子作文言傳（解說易理的書），這纔是「言之文」天地之心。（以上原道篇底大意）。

研究太極之理的是易所以六經中的易是文學底淵源。但易底開始單只是象（六十四卦底理法）」如此終於產生了詩書等羣經所以六經是文學底根元。從六經產生了如何的文體？從易經產生了論說辭序從書經產生了詔策章奏從詩經產生了賦頌歌讚從禮經產生了銘誄箴祝從春秋產生了紀傳移檄。（以上是宗經篇底大意）。他對於其所產生的文體，分爲二十一種，各撰一篇加以詳論。次他論列作文底基礎說文章有典雅遠奧精約顯附繁縟壯麗新奇輕靡的八品都是作者底性格所表現的所以應該學習對於性格適宜的文章（見體性篇）文章底最重要的要素是風骨「述情必始乎風」「鋪辭莫先於骨」如其文辭「端直」「則文骨成焉」；如其「意氣駿爽則文風便生了。反之如其單靠文辭底修飾以表現空虛的內容便成了無骨；如其思想不圓熟而乏氣力，便成了無風（見風骨篇）。他對於風與骨，雖則沒有下定義，推度他底意思似乎是說所謂風是作者底活潑的精神在文章中顯示了的所謂骨是文辭底堅實。其所謂「風」與魏曹丕所謂「氣」，

大略相似，只是稍狹義點其次，關於修辭論，在聲律篇中繼承沈約等底聲韻說；在麗辭篇中論列對句法。在事類篇中敍述典故底引用法。這些對於當時勃興的駢體文是必需的條件此外論列的地方很精密而值得傾聽的論調很多。總之他底說法是趁了當時在文壇上高漲的修辭主義的思潮來指導他竭力使避免掉陷入於其流弊中所以他底議論並不是當時的思潮而是加進了指導的理想論的。

鍾嶸的詩品是專門品評詩人的；到了他手裏更其慨嘆時弊。他對於沈約等底聲韻說，也很表示不滿意。詩經中的詩歌都是合於音樂而歌唱的所以當然以文字底音調之諧和爲必要又魏曹操父子底詩歌也是一樣的文雖不工音調卻適於歌唱在這種意義上是應該注重音韻的但是，在的詩歌旣然已經並不合於音樂而歌唱那末爲什麼有嚕哩嚕囌地論述聲律的必要呀？詩文是諷讀的所以只要音調和口調流暢便行了。卽使不從新論列蜂腰鶴膝這些事情在民間底俗謠中還是有着的。（見下品底序）他非難時人好用典故的弊病他說，歷觀古今來的好文辭並不是綴錄典故的，而是敍述直感的。但自宋顏延之、謝莊以來尊重使用典故，大明、泰始（宋孝武帝明帝底年號）間

的文章已類於「書抄」，近來任昉、王融等不尊崇文辭底奇異，競用新故事這種風氣很盛行，終於「句無虛語語無虛字」只是堆砌的事大有害於文章（見中品底序）他在修辭主義的潮流中勇敢地加以排斥並且主張達意主義關於詩歌底本質論他採取「吟詠性情」的詩經關雎序中的思想，卻毫沒儒家底道義的觀念完全站在純文學的見解上他說，「氣之動物物之感人故搖蕩性情形諸舞詠」因爲隨伴着四時天候的萬物底變化是由陰陽二氣掌理的其變化使人感動觸着了人底情緒便發生了詩歌舞蹈不單只自然底變化人事底變化觸着了情緒也便成了詩歌。所以說，「嘉會寄詩以親離羣託詩以怨」；或者武人因征戍而感嘆、或者文士因左遷而出愁這種種的感動，非託於詩歌不能表現其感情詩歌對於這一點，是最適宜的。（見上品底序）吟詠性情沒有使用任何典故的必要古人底名作如「思君如流水」「高臺多悲風」、「清晨登隴首」「明月照積雪」等詩歌都只是敍述所看到的絕沒借用經史底典故。（見中品底序）所以他底見解以「吟詠性情」爲主不取聲調與典故的末技但是並不輕視修辭他批評晉永嘉年間的詩歌是受了老、莊思想底影響的說理過其辭淡乎寡味（見上品底序）並不嫌其修辭底不夠這一點因爲他也是齊、梁間

的人，站在當時的時代思潮上是勢所難免的吧。

梁帝室中武帝和他底長子昭明太子（蕭統）、第三子簡文帝（蕭綱），都很愛好文學。蕭統，與臣下共選文選三十卷；蕭綱命令他底臣子徐陵選玉臺新詠十卷。文選是很廣泛地探擇歷來的詩歌文章的；玉臺新詠只限於探擇詩歌這兩部書選擇底標準大不相同，我們由於其選擇底標準，可以知道其對於文學的見解。文選以兼有思想與文辭底美麗為目標；玉臺新詠偏重文辭，而且，文選以趣味底典雅為宗；玉臺新詠以豔麗為旨因為在當時的文壇上這兩種思潮正對峙着這兩部書，正可以看作代表這兩種思潮的標本。兩者比較起來文選底目標是保守的，玉臺底目標卻是新傾向。因為文選底趣味是繼承魏晉以來的系統的，玉臺底嗜好卻是為此後的陳代所繼承的而且蕭統曾經敍述過他對於文章的理想說，「夫文典則累野，麗則傷浮，能麗而不浮，典而不野，文質彬彬有君子之致吾嘗欲為之，但恨未適耳」（答湘東王求文集及詩苑英華書）這個文質兼備的理想，他在文選底選擇上實行了。蕭綱當做太子的時候愛好徐擒、徐陵等底豔麗的詩文臣下也競相倣效，號為「宮體」選集製作這種宮體詩的模範作的是玉臺新詠這是足於推測而有餘的；徐陵也在

玉臺底序中說「選錄豔歌凡爲十卷」，與文選底宗旨絕不相同這個宮體的潮流，一直繼續到陳代到了陳代底末葉後主的時候達到了極點與江總等文人天天遊宴賦新詩探擇其最豔麗的附以樂譜終於以此亡國。

以上所述是南朝底風氣北朝底文學很壞思想保持着古風很質樸。北史文苑傳底序中敘述南北文學底差異說：南齊底永明、天監的時候與北魏底太和、北齊底天保之間文學最與盛南北底好尙不同在南朝文章底音調諧和貴淸綺文辭勝於思想在北朝辭義貞剛重氣質思想勝於文辭。但在梁、陳之間南朝底文士常常仕於北朝，如陳庾信仕於北周是最顯著的例子，他是以南朝底作風風靡了北方底文壇的。到隋代，統一了南北起初文帝想改正陳代浮華的風氣歸於質樸於開皇四年下詔說：「公私文翰並宜實錄表奏過於華豔者付所司治罪」但是當時的俗尙還是愛好浮麗之辭煬帝在卽位以前也尊重質樸但到卽位之後開始了放蕩生活因此文士們也愛好麗詞了。結果，隋代也只是梁、陳底思潮底餘波。

歷來，中國底文化，因地方底南北而不同。這是氣候、風土影響到人們底氣質的結果。大概，南方有明媚的風景，天產物優厚，生活比較地安逸，有耽於南國的空想及冥想的餘裕，民性是奢華的、情感的詩歌的，有流入逸樂的華美的遊蕩中的傾向。反之，北方沒有明媚的風景和優厚的天產物，要爲生活而努力因此民性是剛健的理智的，散文的，有保持力行的質實敦樸的傾向。在文藝中表現出來的，也大概如此。在古代北方底產物詩經與南方底產物楚辭便是代表這種傾向的最好的標本。歷觀漢代以來，隨着政治底中心或文化之淵叢底所在地爲南或北，便在那個時代底文運上顯現了南北底地方色最顯著的是南北朝時代。漢代底文學是屬於起自南方的楚辭的系統的辭賦很與盛所以有南方的華麗的色調；因爲國都是在北方的長安洛陽之間，所以漸漸地加上了北方的質實。到三國時代天下底形勢成了「三分」：魏都於洛陽在北方；吳都於建業（現在的南京）在東南；蜀都於成都在西南。魏繼承漢代底國都，文化進步成爲當時的文學底中心保持着北方的骨氣。吳雖則沒有產生偉大的文學作品但是卻開啓了後來江南文運興隆的端緒。西晉都於洛陽到東晉北方蕃族侵入，遷到吳國底故都建業。從這個時代起文學上南方的綺靡的色調便開始漸漸

濃厚了不久便成了南北朝南朝、宋、齊、梁、陳俱都於建業，這個時候江南底文學大放光彩極端地發揮了流麗婉轉柔和華貴的南方的特色北朝底北魏都於平城（山西大同縣之東），北齊都於鄴（河南臨漳縣附近）北周都於長安因而文學上尊重北方的質樸剛健有漢、魏底遺風，隋從北朝起來統一了南北但文學上受了南朝底餘風終於唐從山西太原起來都於長安（後來都於洛陽），一方面探取南朝文學底精粹同時別一方面漸漸以北方的堅實的餘風矯正了南方底綺靡的弊病這個時候完成了南北調和的文運這是其變遷底大要。

其次試就在齊、梁間成立的駢體文敍述一下所謂駢體，是使用對句的修飾了的文體從後漢的時候起這種潮流漸漸盛行到魏曹植晉陸機等更其興盛終於到了齊、梁間的沈約等整頓這種文體樹立了基礎這種文體在當時是普遍地盛行的經歷陳、隋一直到唐代這種文體底特徵有下列的五點多用對句以四字及六字作爲文章底句調底基本（所以也叫四六文）企圖音調底諧和，繁用典故彫琢文字使之華美這是當時的文學思想底結晶是修辭主義底極致。其中巧作對句和繁用典故彫琢文字都以對句爲中心而應用愛好對句是最重要的問題此外的調整句調及音調繁用典故彫琢文字

是基於中國底愛好左右均齊之美的審美觀的，這是在周、漢底文學中也已存在了的風氣，自魏、晉以來更盛終於成立了這種文體所以對句是這種文體底性命，也是所以名為駢體的原因。「駢」是並立的意思便是指對句而言在詩歌與辭賦中多用對句的風氣，在六朝也很與盛，這也是與駢體文並行的潮流所以六朝底辭賦特稱為「駢賦」。在詩歌方面唐初成立了稱為「律詩」的典型的詩體其中對句占着最重要的地位。中國人對於對句的愛好似是一種的癖性對於這種審美觀竭力提倡而顯示給後世的是南朝底文士這裏面當然有着弊害；但是如其單論文學底外形美，那末當時的文學可以說達到了頂點了。南朝底文學思想實是修辭主義底最高潮。

〔附記〕 關於南北朝底文學論晉師鈴木虎雄先生著中國詩論史第二篇中敍述得很詳細本節由中國詩論史啟導的地方很多讀者可以參考（譯者按鈴木虎雄先生著中國詩論史共三篇前兩篇已由孫俍工先生譯出標為中國古代文藝論史北新書局出版）

第三章 魏晉南北朝底文學思想

六一

第四章 唐代底文學思想

唐代底文學，繼承六朝之後以完成前代勃興的修辭主義及矯正其弊害爲其思潮底大勢。唐代是詩歌底全盛期起初沿承齊梁底流風尊重綺麗的修辭調整聲律成立了「律詩」這種整齊的詩形。這種潮流大約從高祖到睿宗的時候這是所謂初唐時代接着矯正修辭底偏重達意主義或氣格主義成了主潮這種潮流大約從玄宗到憲宗的時候這是所謂盛唐中唐時代。到了唐代末葉修辭主義再興盛這種潮流經歷五代一直繼續到宋初這大約是文質彬彬地旣有花也有果的時代。到了唐代詩歌底中堅修辭與思想並重是文宗以後的事情便是所謂晚唐時代。在文章上繼承那齊梁間成立的騈體文更整調其形式有唐一代這種風氣成了主潮。但是反對這種潮流想歸於周漢底古文的思想從初唐時代便已萌芽了，到中唐開放了美麗的花但是不久爲晚唐的流風吹散這種思想底結爲果實是宋代的事情在唐代論列文學的專著似乎很有一些。宋代編著的

書目崇文書目唐書藝文志直齋書錄解題郡齋讀書志等所著錄的，合計有二十多種，但現在存留着的只五六種。此外日本弘法大師文鏡祕府論中所引用可以窺見其一鱗半爪的遺文約有四種。這些著作大多是小品而且沒有盛唐時代的，這是遺憾的事。但是如其從各家底文集等等之中搜集論文的文章一定能夠得到相當的資料，但我過去所搜集的資料不多，現在又沒有餘暇。在這種情狀之下要敍述那個光耀的黃金時代不能不嘆息資料太少了。

第一節　初唐時代修辭主義底餘波

初唐時代底思潮，是陳、隋底延長，這是詩文底作風證明了的事；但是其中包孕着產生盛唐底堅實的風氣的勃興的氣象。例如太宗愛好陳、徐陵、庾信底作風曾經作宮體詩命虞世南和之。世南辭謝並且諍諫說：「聖作誠工，然體非雅正，上有所好下必有甚焉，臣恐此詩一傳將風靡天下，敢不奉詔」。（見唐詩紀事卷一）世南底詩歌雖則還存陳、隋底體格，但是風骨峻峭沒有綺靡的風習，與他諍諫君上的態度相一致。當時與他同氣骨的人有魏徵，如他底膾炙人口的五言古詩述懷，甚至於

第四章　唐代底文學思想

六三

被評爲是啓發盛唐風格之源的。(清沈德潛唐詩別裁集卷一)但是大勢，還儘追隨前代底遺風終於到了中宗的時候，沈佺期宋之問，整頓詩律完成了「律詩」體所謂律詩是平仄(聲律)、押韻及對句有一定的法則的典型的詩形這是齊梁以來偏重聲韻和對句的潮流底結果其辭句比諸沈約、庾信等是更加靡麗如成錦繡之文（唐書文藝傳）的這個時候有一位崛起的獨行之士他與他們「道不同」不染陳隋底餘習想遠溯漢魏以匡救時弊這便是陳子昂他自序修竹篇的詩歌說，「文章道弊五百年矣漢魏風骨晉宋莫傳然而文獻有可徵者僕嘗暇時觀齊梁間詩采麗競繁而興寄都絕。（只有文辭底修飾，毫沒感興）每以永歎竊思古人常恐【文章之道】逶迤頹廢風雅，(以思想爲主的眞正的文學)不作以耿耿也」。(陳伯玉文集卷一)他底旨趣在這句話裏講完了。他將他底旨趣在他底作品中實現出來去文飾斥對句，作風骨很高的詩歌。所以論詩史的人以爲他是開啓盛唐底風氣的，這已成了定評他在文章方面也不寫駢體以散體爲主所以古文運動底主唱者韓愈評論他說，「國朝盛文章，子昂始高蹈」(薦士詩) 他死後友人盧藏用收集他底詩文在序中激賞說，「道喪五百歲而得陳君……千古卓立橫制頹波天下翕然質文一變」。但所謂「天下翕然」恐怕是言過其

六四

實的贊辭吧。因為他是古調獨彈的人當時和者很少；繼承他底遺響的，到盛唐玄宗的時候纔輩出。

第二節　盛唐中唐底復古思想

玄宗在卽位的那一年，便是先天元年冬在渭川那邊狩獵。這個時候，大臣魏知古獻詩歌諍諫。

玄宗嘉許他底諷諫，親自作制賜他說，「夫詩者志之所以寫其心懷實可諷諭君主。故揚雄羽獵馬卿賦上林（漢揚雄上羽獵賦諫成帝司馬相如字長卿上上林賦諫武帝）爰自風雅率由茲道。予頃向溫泉觀省風俗時因暇景掩渭而畋方開一面之羅式展三驅之禮躬親校獵以從禽意卿有箴規，予不逮自非欵誠夙著其孰能繼於此耶」？（舊唐書魏知古傳）獻詩諍諫的魏知古頗有古風，而嘉獎諍諫的玄宗也有先王之風把這件事和則天武后遊於龍門，羣臣賦詩宋之問以詩歌而得賜錦袍的恩寵這個初唐底故事來比較可見風氣已不相同歷史上說，玄宗在卽位之初痛恨風俗底奢靡銷燬乘輿服御金銀器玩以供軍國之用使在殿前焚燬其珠玉錦繡並下令國中嚴禁采珠玉織錦繡這個大英斷自會使風俗一變這種情況反映到文學思想上來，也是當然的事情。玄宗底天寶

第四章　唐代底文學思想

六五

年間，殷璠序河岳英靈集說自蕭氏（指梁朝）以還尤增矯飾：武德（唐高祖底年號）之初微波尚在，貞觀（太宗底年號）之末標格漸高，景雲（睿宗底年號）之中頗通遠調，開元（玄宗底年號）十五年後聲律風骨始備實由主上（玄宗）惡華好樸去僞從眞，使海內詞場翕然尊古，南風周雅（指詩經中的國風及大小雅，是以思想爲主的眞正的詩歌的意思）今日稍闡就是玄宗卽位後十五年詩壇底風氣一變了。

稍後代宗時杜確底岑嘉州集序（全唐文卷四百五十九）中也說聖唐受命鏟雕爲樸開元之際王綱復舉淺薄之風於玆漸革其時作者凡十數輩頗能以雅參麗以古雜今彬彬然燦燦然近建安（後漢末的年號）之遺範這是盛唐底詩歌集漢、魏、六朝底大成華實兩全用爲後來者底標的的原因。

這個時候以李白杜甫王維孟浩然爲始有許多的名家起來競盛於一時這是大家知道的事實。李白繼承陳子昂高唱復古其詩論中說「梁、陳以來豔薄斯極沈休文（沈約）又尙以聲律將復古道非我而誰」！這是唐孟棨底本事詩中所引用的也許不很可信但李白底詩歌古風五十九首底第一首歌詠着和這裏所講的大略相同的意思他底詩歌先說「大雅久不作（詩經大雅的詩歌之後繼者已久絕），吾衰竟誰陳」儘嗟嘆着自己底衰頹卻還表示着「將復古道非我而誰」的自負。

下面敍述王道衰，詩經底發展終熄，到戰國時產生了楚辭，漢司馬相如、揚雄底辭賦別開一格與廢萬變詩歌底法度已經沈淪了接着說「自從建安來綺麗不足珍」非難魏、晉、南北朝底綺靡的風氣。這是他嗟嘆「大雅久不作」的原因到了唐代「聖代復元古垂衣貴清眞……文質相炳煥衆星羅秋旻」謳歌其復古道而文質彬彬最後敍述以著述為己任的大志而結束了這一首詩歌。李白是如此地以復古為目標，對於魏、晉以下全不採取的，反之杜甫卻不一定排斥六朝他很尊重文選，對於他底兒子訓導他要「熟精文選理」自己也如說「續完誦文選」那樣愛誦的又批評李白底詩歌說「清新庾開府俊逸鮑參軍」（春日憶李白），把李白比諸於宋鮑照與北周庾信不喜好六朝的李白也許會苦笑也未可知但是在杜甫這當然是贊辭他底辯護六朝及初唐的思想在戲為六絕句的詩歌中敍述得很明白。

「庾信文章老更成凌雲健筆意縱橫令人嗤點流傳賦不覺前賢畏後生」；

「王楊盧駱當時體輕薄爲文哂未休爾曹身與名俱滅不廢江河萬古流」。

這兩首詩是對於輕視陳、隋、初唐的人的警告但是也可以由於這些話，知道當時一般的風氣

是如何地排斥齊、梁綺靡的風習了。又嘲笑時人底徒然崇尚漢、魏以前說：

「不薄今人愛古人清詞麗句必爲鄰，竊攀屈宋宜方駕，恐與齊、梁作後塵」。

這也是警戒輕薄的人的，固然他不會不崇尚漢、魏以前，尤其是，他不會特別尊崇齊、梁。他底宗旨，盡於偶題這一首詩底首段中，

「文章千古事得失寸心知作者皆殊列，名聲豈浪垂騷人嗟不見，漢道盛於斯前輩飛騰入，餘波綺麗爲後賢兼舊制歷代各清規……」。

這是概要地論列文學底源流的；他底主意在於「後賢兼舊制歷代各清規」，古人底作品是成爲後人底模範的，他以爲不問其爲漢、魏以前或六朝以後其美點都是可以師事而成爲自己底東西的，他不但在理論上在他底作品上也實行他底旨趣這是所以評李白爲任天才作詩，而杜甫底詩歌卻是從學問中產生無一字無來歷的吧。此外，盛唐底詩論有王昌齡底詩格（格致叢書本）未見。或是初唐人或是盛唐人的元競底詩腦髓祕府論中所引的若干條是關於對句法及聲律的論列，這是齊梁底餘波。

到了中唐詩風稍稍變遷又有幾分還到修辭主義上來了；可以觀察這個過渡期底思想的，有這個時代底初期產生的釋皎然底詩式五卷這著作（十萬卷樓叢書本最完備其他叢書中所收的都是一卷的拔萃本）。據自序作於德宗貞元初年他底論調沿着盛唐底潮流採取以質爲主以文爲佐的折中主義例如他說「詩有二廢雖欲廢巧尚直而思致不得置雖欲廢言尚意而典麗不得遺」這是很公正的議論又說「或曰『詩不假修飾任其醜樸但風韻正天眞全卽名上等』予曰『不然！無鹽闕容而有德曷若文王太姒有容而有德乎』」這是以文質兼備爲理想的溫和的說法。他所不取的「或曰」云云的論列是文學思想史上極足珍貴的文獻因爲這是極端地誇張盛唐時代底重「質」的思想的恐怕在盛唐時代有作這種主張的一派吧。而且這屬於道家思想的傾向所謂「任其醜樸」「天眞全」這與道家所主張的爲保全天眞而排斥人工美以守純樸的思想全然一致並且提起「風韻」這兩個字這正說破了盛唐詩歌底眞髓。在畫論上從六朝起唱導了「氣韻」底尊重在詩論上其所崇尚的叫「氣」、叫「意」、叫「風骨」至於稱爲「風韻」這是這以前我所不曾見過的。盛唐詩歌底所以優越我以爲是在於「風韻」宋嚴羽底滄浪詩話

中說，「盛唐人有似麁而非麁處有似拙而非拙處」這是因為有「不假修飾任其醜樸，但風韻正，天眞全」的東西吧。如其單單任其「醜樸」那便是「麁」；如其單單任其「天眞」，那便是「拙」。如其「風韻正」那便超越「拙」與「醜」可得神品了這種思想恐怕是發生於盛唐一直流行到中唐底初期的吧但皎然底把他一腳踢開而要求具備修辭的這種折中論便漸漸被看作表示修辭主義底復活的傾向的東西了。所以我們看他作為評論底例子而舉的詩歌是漢魏六朝初唐盛唐都有的這便是他底見解是折中的，他對於六朝的風格也並不排斥但是因為這個時候是經過了盛唐矯正了六朝底弊風之後所以對於六朝底缺點已完全認識而排斥他例如對於沈約底聲韻八病說很激烈地抨擊說「沈休文酷裁八病碎用四聲故風雅殆盡後人才子天機不高為沈生弊法所媚憒然隨流溺而不返」又詩歌中不貴用故事便是他把詩歌定為五格以「不用事」（不用故事的）為最高格其次為「作用事」其次為「直用事」（其區別雖則並沒有明言但有用事「融和的」與「露骨的」底區別）這也是排斥六朝底風格的地方之一他是以漢、魏為主以六朝為佐的最後應該注意的是詩趣的分類他分為高逸、貞忠、節志、

七〇

氣、情、思、德誠開達悲怨意力靜遠的十九體。他對於每一體都加以簡單的說明。他自負地說，「其一十九字括文章德體風味盡矣」以古人底詩句爲例說明都屬於這十九字中之一。如此在詩歌底修辭之外對於詩趣給與了最大的注意這種現象在詩學思想上是很可注意的吧。弘法大師底祕府論卷二引證唐人底說法列舉了體勢底分類法七種這些只是本於修辭或詩意的分類本於詩趣的一種也沒有舉出來。（弘法大師在皎然在世時稍後到中國祕府論中引用皎然底詩議詩式似未見。）根據這一點來推測論詩格而注意到詩趣的人在皎然以前怕很少吧。但在他之後到了晚唐司空圖底詩品僧齊已底風騷旨格便以詩趣底分類爲主所以在現存的文獻中皎然底詩式喊出了第一聲，在這一點上是很可尊重的。中唐時代的有白居易底金針詩格（格致叢書本）未見賈島底二南密旨

（學海類編本）宋人已疑爲僞書其論列有似囈語。

在文章的方面，齊梁底駢體一直繼續到盛唐其間有幾個人以古文（卽散體）爲主。從盛唐末到中唐這種風氣漸漸與盛有元結獨孤及蕭穎士李華等這一派的名手出來終於到了韓愈的時候積極地掀起了古文復興運動他率領門人李翺皇甫湜張籍等呼號於天下友人柳宗元也贊

同這種運動因此這個運動表示了很活躍的情狀但是他們不會遺留下論文的專著只在給人的書簡等之中看到他們底論調他們實是比諸議論更急於實行的他們想把文體復爲漢以前的古文同時他們對於文章的見解也還到漢儒底「德爲本文爲末」的文學論中這也是當然的事韓愈是私以孟子自任的儒家思想底信奉者在他底答李翊書中他激勵李翊說，「道德之歸有日矣，況其外之文乎」！又敍述自己學文的大方針說，「行之（指文章）乎仁義之途游之乎詩書之源無迷其途無絕其源終吾身而已矣」。便是離開了道德，不承認文章底存立價值所以他底女婿李漢序他底文集說的文爲貫道之器這句「一語中的」的話，最能顯示韓愈底精神柳宗元也似受了韓愈底影響他底答韋中立論師道書中說，「始吾幼且少爲文章以詞爲工及長乃知文者以明道……凡吾所陳皆自謂近道而不知道之果近乎遠乎？吾子好道而可吾文或者其於道不遠矣」。其次，他們以周、漢底文章作爲文章底模範。韓愈說「始者，非三代、兩漢之書不敢觀。非聖人之志不敢存」。（答李翊書）在他底進學解中列舉其作文所學的以上自書、春秋及左氏傳易詩的四經下至莊子、離騷、史記及揚雄、司馬相如之文爲主。柳宗元也在他底答韋中立論師道書中說以書詩禮春秋易

的五經為其「取道之原」，參之以春秋穀梁傳孟子荀子莊子老子國語離騷史記，擴大見識，作為作文底資料。關於作文的態度，韓柳都以精神為主。韓愈說，「氣水也言浮物也水大而物之浮者大小畢浮氣之與言猶是也氣盛則言之長短與聲之高下者皆宜」。（答李翊書）柳宗元說，「吾每為文章未嘗敢以輕心掉之懼其剽而不留也未嘗敢以怠心易之懼其弛而不嚴也未嘗敢以昏氣出之懼其沒而雜也未嘗敢以矜氣作之懼其偃蹇而驕也」。（答韋中立書）前者積極地敘述以氣為行文的原動力後者消極地警戒氣底衰弱波及文章的惡影響其歸趣是一樣的這也是一種氣格主義但與魏曹丕底「文以氣為主」的說法不同至於韓愈底弟子李翱，在氣與言底關係之外更注意到了義意理與氣言底關係他說，「義深則意遠理辨則氣直氣直則辭盛辭盛則文工」。（答王載言書）他是用層遞法很有趣地論列了的但「理」與「氣」底連絡有點不合理總之他底意思是企圖文章底內容與外形之兩全所以說，「義雖深理雖當詞不工者不成文」。他原想比他底老師底說法百尺竿頭進一步的反而陷入了平凡中他在答王載言書中敘

述了「創意造言」，即創造主義，是很值得注目的；但其理論卻很平凡，不足滿人意，很是可惜。韓、柳一派的思想爲宋代底文章家所繼承更一直到後代這種潮流都影響到了。

第三節　晚唐時代底回到修辭主義去

到了晚唐，韓柳底古文派中絕，在詩歌方面修辭的風氣也很盛了。這個時候論詩的專著，有司空圖底二十四詩品把詩趣分爲二十四品各品以四言十二句的韻語敍述其趣致。二十四品是：雄渾、沖淡、纖穠、沈着高古、典雅、洗煉、勁健、綺麗、自然、含蓄、豪放、精神、縝密、疎野、清奇、委曲、實境、悲慨、形容、超詣、飄逸、曠達、流動。把詩品比諸詩式底十九體不但更其詳備也更理解詩趣。皎然詩分類關於倫理的德目的很多例如貞忠節志德是倫理的，氣情思悲怨是心理的，雜以若干文辭上的手法（洗煉委曲實境形容）這種詩趣大多用比喻的方法形容出來，加以理論的說明的地方很少但是已能使人感到這種詩趣底境地例如：

【含蓄】不著一字，盡得風流，語不涉己，若不堪憂。是有眞宰，與之沈浮。如淥滿酒，花時返秋。悠悠空塵，忽忽海漚，淺深聚散，萬取一收。

第一章通論「含蓄」；第二章說「含」字第三章說「蓄」字。

【清奇】娟娟羣松，下有漪流，晴雪滿汀，隔溪漁舟。可人如玉，步屧尋幽，載瞻載止，空碧悠悠。神出古異，淡不可收，如月之曙，如氣之秋。

第一章景已清奇第二章人亦清奇第三章其人底思想也清奇。

前例是稍有理論的說明的，後例是完全用比喻的方法來形容的，大概都如此，這些，與其說是說明，不如說是詩趣底贊後世講詩趣的往往用這些標目。清袁枚倣傚他作詩品，黃鉞把這個方法應用到畫論上，作二十四畫品，及於後世的影響也不少。他底與李生論詩書、與王駕評詩書，（司空表聖集）在詩論方面也是有名的。尤其是與李生書中的論述詩歌底風味的比喻，是爲後世稱述的：

「愚以爲辨於味，而後可以言詩也。江嶺之南（指廣東當時文化很落後）凡足資於適口者，知其鹹酸之外，醇美者有所乏耳。彼江嶺之人習之而不辨也宜哉。詩貫六義，則諷諭、抑揚、渟蓄、溫雅，皆在其間矣。然直致所得，以格自奇。前輩諸集，亦不專工於此，矧其下者耶。王右丞、韋蘇州澄澹精緻，格在其中，豈妨於遒舉哉。賈閬仙誠有警句，視其全篇，意思殊餒，大抵附於蹇澀，方可致才，亦爲體之不備也，矧其下者哉。噫！近而不浮，遠而不盡，然後可以言韻外之致耳。李生（翱）爲文尙矣，及臻乎枝梧牴牾而不失其正，亦其極矣。盍復研味《愚集》中，所新與才子一章，及歷評諸處，亦見少許枝梧牴牾之狀耶，倘復以全美爲工，即知味外之旨矣。」

酸也，止於酸而已若醯非不酸也，止於酸而已；鹺非不鹹也，止於鹹而已，中華之人所以充飢而遽輟者，知其鹹酸之外，醇美者

第四章 唐代底文學思想

七五

有所乏耳彼江嶺之人習之而不辨也宜哉」！以嶺南的人比諸不解詩底風味的，以鹹酸之外的美味比諸詩底意外之致這個議論與前述的「含蓄」的說法有密接的關係這兩者在後來清王士禎樹立「神韻」說上給與了極大的影響此外僧齊己底風騷詩格一卷立十體十勢二十式四十門六斷三格分別詩趣詩格極其繁雜徒然貪多其中重複雷同的很多到底不及司空圖詩品底鏧潔。張爲底詩人主客圖（始收於函海其實是從宋計有功底唐詩紀事中拾集而還元了的）分爲六派各定等級且列舉這些人底詩句作例子六派是：廣大教化高古奧逸清奇雅正清奇僻苦博解宏拔瓌奇美麗這是由於詩風而任意地定了的不足論。晚唐詩文底風氣以修辭爲主陷入纖穠綺靡的弊害中這是定評有作品來實證的但據以上所述不能明白這種潮流現在試舉可以知道這種潮流的一隻故事以結束這一節溫庭筠李商隱是當時的代表的作家。李商隱曾經究心駢體文底對句得了「遠比趙公三十六宰輔」的句子但是得不到偶句。溫庭筠聽到了，卽座便對以「近同郭令二十四考中書」。（見唐詩紀事溫庭筠條）看了這一隻故事也便可以知道當時的文士們，是互談字句底苦心的。

第五章 宋代底文學思想

第一節 仁宗朝達意主義氣格主義底確立

五代,只是五十三年的短期,其初葉,唐末文人生存的很多,繼承着晚唐纖麗的詩風與四六文;到宋太宗眞宗的時候風氣稍稍要變異的徵候顯現了:柳開學韓愈、柳宗元底古文導引後進;王禹偁在詩歌方面脫去晚唐五代底餘習崇尙中唐。但是大勢還沒有變動。到其次的仁宗朝,歐陽修出總面目一新,在文章方面,韓、柳子的古文壓倒文壇,在詩歌方面以盛唐中唐爲模範,成就了與唐詩全異其風氣的詩格。古文只是繼承韓柳底遺志完成了他們底復古運動,在詩歌方面後世論者以爲產生唐詩與宋詩判然不同的顯著的差異是在這裏打了基礎的。

宋葉的作家入宋的多又將其餘風傳到了宋初。

歐陽修之前有穆修，學韓、柳底古文，誘導後進，其門下有尹洙（師魯）把方法傳給了歐陽修（范仲淹尹師魯集序）。先是歐陽修少年時向人借讀韓愈底文集已私自崇尚了後來就官途後曾經因錢惟演底囑付，與尹洙同作臨園驛記，尹洙底文章以歐陽修底文章底一半字數寫成，而且很能達意因此歐陽修很嘆服其簡古從此便開始爲古文了。（見宋邵伯溫邵氏聞見前錄卷八）又在詩壇上，對於革新着先鞭的，是梅堯臣（聖俞）、蘇舜欽（子美）兩家。梅以枯淡的作風，蘇以雄快的作風，想矯正當時盛行的西崑體（學晚唐李商隱底作風的）底穠豔浮靡的弊害。歐陽修與他們交往愛慕韓愈底詩風專以氣格爲主贊助這個革新運動。而且歐陽修最喜歡誘掖後進從他底門下有曾鞏、王安石蘇軾蘇轍這種大才輩出風靡了文壇因此詩文底革新事業告了大成功。宋代詩文底風格，在這個時候確定了鞏固的基礎。

歐陽修晚年著六一詩話一卷其中載着兩條梅堯臣對他講述的詩論。說詩歌應以意爲主．但造語也很難如其能夠意新語工說前人之所未說的，纔是好詩又說詩句卽令義理通達而語涉淺俗的也是弊病因爲梅底主張一方面注重義理同時也注意語句的。歐陽修卻有着和他相反的意

見說，詩人每貪求好句，而有義理不通達的，這也是語病。例如「姑蘇臺下寒山寺夜半鐘聲到客船」，語句很好但三更並不是打鐘的時候，歐陽修指摘這首詩不合理，後來引起了問題列舉唐詩中關於半夜鐘的類例與事實而辯論的人很多更正了歐陽修底錯誤；但是在詩歌上要求義理通達的思想這卻成了宋人底特色例如北宋末的許彥周自序其詩話說，「詩話者辯句法備古今紀盛德錄異事正訛誤也」其「正訛誤」是以典故及文字底誤用等爲主的這也是因爲有害於義理底通達的緣故從作者方面來看，宋人詩歌中講義理的很多也是事實這是後世底評明代以來尊崇唐詩的人常常拿這一點來攻擊宋詩宋人好理論這是時代思潮這在理學方面最爲顯著在文章方面所以愛好義理家的韓愈的原因也在此吧。宋儒底理學勃興的氣運自仁宗朝開始，與歐陽修底文學革新同時以歐陽修自己也是在理學史上占一席的人。這一點來觀察，說在文學上注重義理或者是受了理學底影響但是再進一步來觀察宋儒排斥漢、唐底訓詁而掀起理學的導火線也是韓愈及其門人李翱底論列「道」與「性」的儒家學說，所以這種文學革新與理學勃興畢竟是出於一源的運動有着極密切的關係。

第五章 宋代底文學思想

七九

歐陽修對於詩歌的理想在於拋棄晚唐風習的雕飾，而以素描寫作。所以自己底試驗常常雜以散文的句法以顯特色又曾經賞雪小宴與諸客約定在詩中禁用玉月梅梨絮練白舞鵝鶴等雪景詩中慣用的修飾的字眼而各自創作。（宋朱弁風月堂詩話卷上）這雖只是一時的座興但是這種趣談可以看到常常在他底腦子裏往來的，是不以修辭為事的達意主義氣格主義又他對於梅堯臣詩中的枯淡的詩味很是心服他曾經在詩中歌詠道「近詩尤古硬咀嚼苦難嚵又如食橄欖真味久愈在」。（六一詩話）橄欖底味道很苦澀到底是我們不能下喉的異物又說「嗟哉吾豈能知子論詩賴子能指迷」。（韻語陽秋卷一引）他底推重梅堯臣如此。梅詩固然很多佳處但是歐陽修底所以為他擊節和歌大概是因為有如在錦繡堆中發見了一古端硯那樣的感覺更使他狂喜的緣故吧甚至於有人以為歐陽修是借了梅詩作為矯正西崑體底弊害的傀儡，如其沒有他那末，梅堯臣、蘇舜欽那樣的詩歌也許會給如大海中的孤島會成了狂浪沖去也未可知。在四六文及辭賦方面從歐陽修開始鼓吹古文之後脫去了綺靡的風習顯著地成了散文的與六朝、唐代底作風全異其面目在這方面也注重義理文脈是貫通了辭藻是成了質實。

第二節　南渡前後元祐紹述黨爭底反映

到神宗即位舉王安石任國事。王安石制定新法，破壞了宋初以來的傳統的政治因此，前朝的重臣歐陽修、司馬光等很非難他剛愎的王安石后退這些保守黨一意孤行成了士民底怨府後哲宗嗣位改元元祐覺察新法底弊害任用司馬光、文彥博、蘇軾等舊法黨得了勢便是元祐黨不久司馬光死紹聖年間新法黨底勢力又興盛了，便是紹述黨後徽宗即位紹述黨的蔡京專權稱元祐底諸臣為姦黨在端禮門外立黨人碑列司馬光以下三百零九人的名字大加壓迫元祐黨人底子弟入京。在官僚中優秀的文學者並不少就是這個政爭在文壇上也反映了出來黨派的色彩很顯著。一般地講可以說厭惡蔡京一派底暴虐同情於元祐黨人其餘波一直到南宋愛慕元祐底餘風的很多元祐黨底文人繼承歐陽修底系統以蘇軾（東坡）為第一有其門下黃庭堅（山谷）等蘇軾在紹聖年間當紹述黨再勢盛時被貶謫到廣東不但很久總只許可他回來而且當蔡京大加壓迫的徽宗底崇寧、大觀的時候甚至於禁止其詩文行世。（宋陳巖肖《庚溪詩話》卷上）但蘇軾

在廣東所作的詩歌沖破了禁令而很盛行。南宋初的風月堂詩話（卷上）記載這件事情說：「是時朝廷嘗禁止雖賞錢增至八十萬禁愈嚴其傳愈多往往以多相誇士大夫不能誦坡詩者便自覺氣索人或謂之不韻」不但他底詩歌他底文章也到了南宋纔開始盛行當時陸游底老學庵筆記（卷八）中說「建炎（南宋最初的年號）以來尚蘇氏之文學學者翕然從之而蜀士尤盛亦有語曰『蘇文熟喫羊肉，蘇文生喫菜根』」就是，精通蘇軾底文章與否關係於科舉底及第與否關係於窮達總之似乎很博得世人底愛慕的。

蘇東坡沒有論詩文的專著，後人從各書輯錄，有東坡詩話、（編者未詳）東坡文談錄一卷、（元陳秀明編）詩談錄三卷、（明？燕石齋補）。他也似受了歐陽修底感化的以平淡爲歸趣但以中藏色澤爲必要，曾經教導他底姪子說：「凡文字少小時須氣象崢嶸釆色絢爛漸老漸熟乃造平淡其實非平淡乃絢爛之極也」。（宋人底竹坡詩話卷二清人通俗編卷七引與姪書東坡集中未見）又說「枯淡所貴者謂其外枯而中膏似淡而實美，淵明子厚之流是也若中邊皆枯淡亦何足道哉」（東坡詩話）都是千古的名言，他當貶謫廣州的時候最愛讀陶淵明與柳子厚底詩歌謂之「南遷二友」。（老學庵筆記卷九）

他對於陶詩特別有妙語的地方他說破陶詩並不是單純的枯淡這可以說，指示了平淡派應取的正確的進路。

在蘇東坡底評論中看不到非難紹述派的口吻，這或者是因為自己在黨爭底漩渦中，因此被貶斥，所以慎於發言的也未可知。到黃庭堅（山谷）往往有非難紹述派底巨頭王安石的話例如，當時的後山詩話中載着山谷底話：「荊公（王安石）之詩晚年方妙，然格高而體下如云，『似聞青秧底復作龜山坼』乃前人所未道……然學二謝（謝靈運、謝朓）失於巧爾」冷齋夜話（卷五）中說，「荊公曰『前輩之詩云『風定花猶落』靜中見動意。『鳥鳴山更幽』動中見靜意』。山谷曰，『此老論詩不失解經之旨趣亦何怪哉』」因為王安石底詩歌雕琢字句以工巧為旨這一點根本上與歐陽修一派王安石在行新法的時代廢除科舉底考試科目的詩賦增加經書底解釋編詩書周禮底三經新義作為標準山谷底冷笑是因此而發的吧。

與上述的相反在當時附和王安石紹述黨的魏泰底臨漢隱居詩話中評論歐陽修底詩歌，加以貶詞說，「才力敏邁句亦清健但恨其少餘味爾」評論黃山谷加以非難說「一二奇字綴葺而

第五章　宋代底文學思想

八三

成詩，自以爲工其實所見之僻也故句雖新奇而氣乏渾厚」而對於王安石，列舉其佳句，加以稱贊：「荊公大儒也孟子後一人耳雖萬世之下聞其風宜企慕之」並且列舉王安石底夫人妹妹及女兒底詩歌加以稱譽其阿諛也太厲害了南渡的時候紹述底餘黨有葉夢得著石林詩話三卷書中推重王安石的地方很多並且指摘歐陽修底詩話錯誤又非難學他底詩歌的人底弊害暗暗地壓抑元祐派，評論歐陽修一派說，「歐陽文忠公詩始矯崑體專以氣格爲主故其言多平易疏暢律詩意所到處雖語有不倫亦不復問而學之者往往逐失眞其弊害的吧評論王安石說，「王荊公少此」（卷上）這是一般地評論宋詩爲淺露的原因是的中其弊害的吧評論王安石說，「王荊公少以意氣自許故詩語惟其所向，不復更爲涵蓄。……後爲羣牧判官從宋次道盡假唐人詩集博觀而約取晚年始盡深婉不迫之趣」。（卷中）又說，「王荊公晚年詩律尤精嚴造語用字間不容髮然意與言會言隨意遣渾然天成殆不見有率牽排比處」。（卷上）激賞其字句底巧妙這固然是王安石底長處但往往有過於巧妙的地方這是他底弊害總之元祐紹述兩派在根本的主張上是站在相反的兩極的元祐派以氣格達意爲宗不厭淺露紹述派以修辭爲旨企冀婉轉所以在政黨方面來

看，元祐是保守黨，紹述是新法黨在詩派方面來看，卻正相反元祐破壞唐代風氣，掀起新詩風紹述有要回轉到三唐五代去的傾向。葉氏底石林詩話實在可以看作紹述派代表的詩論尤其是他底論用字底訣竅的各條是很有意義的。在他之後可以看作屬於紹述派的詩話沒有；從北宋末到南宋屬於元祐的詩話卻很多。這是因為推重東坡與山谷底詩歌所以他底詩派蔓延了的吧。如僧惠洪底冷齋夜話十卷，許顗底許彥周詩話一卷，張表臣底珊瑚鉤詩話三卷，朱弁底風月堂詩話二卷，吳可底藏海詩話一卷等都是有尊重蘇黃多載他們這一派底詩歌故事的餘風的。所以在文壇上可以說元祐派終於得了勝利。況且黃山谷一派的江西詩派風靡南宋一代其餘勢一直到元初，所以應以元祐派為宋詩底正統的吧。

歐陽修底詩歌應以尚氣格及造語遣辭底平淡暢達為旨的主張，與他所鼓吹的古文應簡勁質直，是保持着同一的步調的。總之應該歸結於質樸這一種趣味。如其把這種趣味加強地來講，可以歸結到以見於唐釋皎然底詩式中所見的「任其醜樸」為是的思想。（見前第四章第二節）不實際上，到了蘇東坡門下尤其是黃山谷一派正顯示了這種主張。漁隱叢話（卷一）中引山谷底話說：「寧

律不諧而不使句弱，寧用字不工不使語俗，此庾開府（庾信）之長所也；至淵明，於斧斤者多疑其拙窘於檢括者輒病其放，淵明之拙與放豈可爲不知者道哉？」這是以古人之拙爲難及的說法。蘇東坡明瞭地表現這種思想的話沒有看到；在書鄢陵王主簿所畫折枝的詩中歌詠道「論畫以形似，見與兒童鄰」賦詩必此詩定非知詩人詩畫本一律天工與清新」這名論是嘲笑畫底爲技巧所束縛詩歌底爲格式所拘泥的人的，與山谷等底論調相同。蘇、黃論列書法也是和論列詩歌有同一的思想的。東坡說：「書初無意於佳迺佳」。山谷也說：「凡書較拙之巧更要多」（俱據佩文齋書畫譜卷六）東坡門下的陳師道，受山谷底影響特別大他在後山詩話中大膽地說「寧拙毋巧，寧樸毋華寧粗毋弱寧僻毋俗詩文皆然」其次江西詩派底主唱者呂本中也說：「初學作詩，寧失之野不可失之靡麗失之野不害氣質失之靡麗不可復整頓」。（詩人玉屑卷五呂氏童蒙訓）後來，江西末派詩病被人非難謂在於粗獷的原因大概在於這個主張底脫線吧。如此的老、莊虛無的古拙趣味可以算作宋代特色之一，或者是與歐陽修等在古代底金石中感到與趣而玩味出來的（歐陽修有集古集十卷）等，也同一步調的吧。在文學上鼓吹這一點的正是江西派底標幟。

此外這方面的研究從宋代起便與盛了。

南宋初期的藏海詩話中說：「凡詩切對求工，必氣弱，寧對不工，不可使氣弱」。末期的文章精義中說，「文章不難於巧，而難於拙；不難於曲，而難於直；不難於細，而難於粗；不難於華，而難於實，可為知者道難與俗人言也」。諸如此類都可以看作繼承這個系統的思想。

還有一件可以注意的事情從這個時候起尊重杜甫底詩歌的風氣忽然地產生了。這是元祐、紹述兩派所共同的。其端緒是：王安石酷愛杜詩，當他早年任鄞縣令時搜集杜甫集中遺漏的詩歌二百餘篇說這纔得見其全貌。後編四家詩把杜甫放在第一位上其下的順序是歐陽修、韓愈、李白。關於這個順序底適當與否很惹起了些議論以杜詩為第一是沒有異議的，只是，非難很多辯論者之中也有說順序是沒有品第的意思的（四家詩已佚各家底論辯見漁隱叢話杜少陵條）。總之，鼓吹杜詩始於王安石。所以其殘黨葉夢得底石林詩話中也盛稱杜詩底美妙。一方面在元祐黨，歐陽修底不愛杜詩是有名的。當時，劉攽底中山詩話很非難歐陽修說歐公推尊韓愈底詩歌而不愛杜詩韓愈是很稱道李杜的歐公卻不喜歡他這實是不可解的。蘇軾並不不尊重杜詩，瞻云「子美之詩，退之之文，魯公之書皆集大成者也學詩當以子美為師，有規矩故可學……學杜

不成，不失爲工無韓之才與陶之妙而學其詩終爲樂天爾」。（後山詩話）但他自己卻始學劉禹錫，後學白樂天黃庭堅受他父親黃庶及外舅謝師厚底感化愛杜詩極力學他。（後山詩話）所以，在這一方面鼓吹杜詩始於黃山谷後進愛慕山谷底詩風的很多因爲山谷是江西人終於稱他這一派爲江西詩派風靡了南宋一代在這個時候的詩話中不論列杜詩的幾乎沒有尊崇杜詩的議論巴成了決定的了，杜甫之爲詩聖的地位也確立了一直到後世沒有異議的人。

試就南宋胡仔收集北宋以來的詩話的漁隱叢話來看在分量上關於杜詩的評論，在評論李白底詩歌的十倍以上看了這件事情便可思過半矣。南宋蔡夢弼編草堂詩話二卷以北宋末以來的人論杜詩的話二百餘條爲專集。張戒底歲寒堂詩話二卷表示了將其下卷完全論列杜詩的熱心嗚呼亦可謂盛矣歲寒堂詩話（卷上）中說，「王介甫只知巧語之爲詩，而不知拙語亦詩也山谷只知奇語之爲詩，而不知常語之爲詩也。歐陽公詩專以快意爲主；蘇端明（蘇軾底官陞進到端明殿學士）詩專以刻意爲工，李義山詩只知有金玉龍鳳杜枚之詩只知有綺羅脂粉李長吉詩只知有花草蜂蝶，而不知世間一切皆詩也惟杜子美則不然在山林則山林在廊廟則廊廟遇巧則巧，遇拙則拙遇

八八

奇則奇，遇俗則俗，或放或收，或新或舊，一切物、一切事、一切意無非詩者」這是代表當時的論調的。

杜詩底一字一句都奉爲詩法底極則，其推重他有如儒家底對於孔子。黃山谷說，「子美作詩退之作文，無一字無來處，蓋後人讀書少，故謂杜韓自作此語耳」（草堂詩話卷一）後來依據這個說法，或者主張作詩底用語必定要在古書上有典據，或者解釋古書汲汲於穿鑿其字句底來歷，有眼光的人對於這種態度很是皺眉頭的。就是南宋初年朱弁底風月堂詩話（卷下）中排斥「詞必有據，字必授古」的說法說：「不知國風雅頌祖述何人？此老（杜甫）句法之妙處，渾然天成，如蟲之蝕木，不待雕刻自成文理」論列其妙處不在彼而在此。稍後，陸游底老學庵筆記（卷七）中說：「今人解杜詩但尋出處，不知少陵之意初不如是。但以一字亦有出處爲工，如西崑酬唱集（宋初以李義山底詩歌爲宗的一派底詩集）中之詩何嘗有一字無出處者，便以爲可追配少陵耶？且今人作詩亦未嘗非無出處，渠不自知，若爲之箋注亦字字有出處，但不妨其爲惡詩」。由這些話來看黃山谷底一句話是危險地引導着走上了把杜甫祀爲邪神的脫線的迷信的路上去了。

第三節 南宋底詩論

南宋人底詩話很多但大多是混雜的瑣事底隨筆，觸到根本的理論的很少主張也大多並不解明，有似蜜蜂做窠那樣混亂整理很不容易貫穿其中的是元祐底餘風與黃山谷的江西詩派底影響。明李東陽底懷麓堂詩話下總評說「唐人不言詩法詩法多出宋而宋人於詩無所得所謂法者，不過一句對偶雕琢之工而天真興致則未可與道其高者失之捉風捕影而卑者坐於黏皮帶骨。至於江西詩派極矣」這個批評雖稍稍過分點現在試論其大局，綴拾可注目的若干點先是南渡的時候有張表臣底珊瑚鉤詩話三卷書者與元祐黨人晁說之很親密與東坡下的陳師道相交往所以有元祐派底色彩書中載着陳師道曾經對著者講過的話說，「今人愛杜甫詩一句之內至竊取數字以髣像之非善學者學詩之要在乎立格命意用字而已」？這是當時對於學者體其格高其意鍊其字則自然有合矣何必規規然髣像之乎」（卷二）……學杜詩的人的頂門的砭針把詩歌底要素分爲「立格」（卽思想底表現樣式）、「命意」（卽

構想）及「用字」的三者的說法,是很得當的。著者祖述陳師道底話說,「詩以意為主又須篇中鍊句句中鍊字乃得工耳以氣韻清高深眇者絕以格力雅健雄豪者勝」又說,「篇章以含蓄天成為上破碎雕鏤為下。……以平夷恬淡為上怪險蹶趨為下」。(俱見卷一)他底尚氣格貴平淡的論調,是繼承歐陽修底系統的,與同時的葉夢得底石林詩話以論列用字底鍛鍊為主的正相反。但石林底關於用字的論列很周到有意義的很多試舉一例他說「詩語固忌用巧太過然緣情體物自有天然工巧雖巧而不見刻削之痕」敍述杜甫底「細雨魚兒出微風燕子斜」(水檻遣心二首之一)的十字之妙說細雨到了水面上便為漏所以魚以為有什麼東西來了便游了起來,一嚇便又縮了下去如其是大雨即便不會出來了燕子底身體很輕弱如其風一猛烈便吃不消只有微風吹着燕子受着了可以趁勢斜飛他斷論說,「其精微如此,然讀之似渾然全似未嘗用力。此所以不礙其氣格超勝」。(石林詩話卷下) 雕琢字句,如其達其極致毫不損害其氣格,這是很正確的說法也是這個時候的著作的吳可底藏海詩話書中說,「學詩當以杜為體以蘇黃為用」。從這種口吻上來看可以推測其為江西派他論述說,「凡裝點(修飾文字)者好在外(外形的修辭)初讀之似好再三讀之則

第五章 宋代底文學思想

九一

無味。要當以意為主輔之以華麗，則中（內容）邊（外形）皆甜也裝點者，外腴而中枯故也或曰，秀而不實」；又說，「凡詩切對求工必氣弱，寧對不工，不可使氣弱」。就是「石林說修辭達到了極致並不損害氣格」又說以意為主以修辭為從則可兩全無論如何這兩派底說法總是冰炭不相容的。

這個時候，張戒底歲寒堂詩話二卷如前所述傾倒於杜詩對於王安石、蘇軾、黃庭堅都有譏辭，這是在黨派之外超然地把握着很高的標準的。他主張，在唐代取於李、杜而壞於蘇、黃。他說「自漢魏以來詩妙於子建成於李、杜而壞於蘇、黃余之此論固未易為俗人言也。子瞻以議論作詩魯直又專以補綴奇字學者未得其所長而先得其所短詩人之意掃地矣……蘇黃習氣淨盡始可以論曹（曹植）劉（劉楨）李杜詩」。大概是慨嘆當時蘇黃一派的流風蔓延開來表示反抗時流以挽回大勢的意氣的。他還論列說「古今詩人推陳王（曹植）及古詩（古詩十九首）第一此乃不易之論」又說「建安陶（潛）阮（籍）以前詩專以言志潘（岳）陸（機）以後詩專以詠物兼而有之者，李、杜也言志乃詩人之本意詠物特詩人之餘事……潘陸以後專意詠物雕鐫刻鏤之工日以增而

詩人之本旨掃地盡矣」。就是他底宗旨很是高古但是這個主張還是繼承江西底餘緒而張大其聲勢的。江西的呂本中說：「大概學詩須以三百篇楚辭及漢魏間人之詩為主方見古人之好處，自無齊梁間綺靡之氣象」。（詩人玉屑卷五呂氏童蒙訓）他底說法之出於江西派，是很明白的事情。又他似與江西派的陳與義（南宋初著名的詩人）曾經談論過這一點他說：「乙卯（紹興五年）冬陳去非（與義之字）初見余詩曰奇語甚多只缺建安六朝之詩余以為然後見去非之詩全集求似六朝者尚不可得，況建安耶？詞不逮意，後世之所患」的確這是他們底理想持論很高卻是不伴以實行的空論。

稍晚，到南宋底中葉產生了所謂四大家便是范成大陸游楊萬里尤袤這些也都是學江西派而別出機軸的人，陸游底老學庵筆記中關於詩歌的條款很不少，楊萬里有誠齋詩話一卷可以看到他們底主要的論調的議論雖則沒有也有幾處觸到江西派底論調從這個時候到末期還是江西派成了主要的潮流其頹唐粗俚的弊病愈下愈甚甚至於如楊萬里這種大家都不能免除這種弊病於是在浙江底永嘉發生了匡救這種弊病的新運動就是從中葉到末葉，徐照（字靈暉）徐璣（號靈淵）翁卷（字靈舒）趙師秀（號靈秀）力追晚唐賈島姚合底詩風專以鍊字句為事藉以對抗

江西末流底麁率之風。因為這四個人底字號都有「靈」字，時人稱之為四靈派，伸張了一大勢力。南宋末的對牀夜語（卷二）中說，「今之以詩鳴者不曰四靈則曰晚唐」這便可見其盛行了他們崇尚晚唐用力於鍊字，不欲綺麗以野逸清瘦之趣致為旨。元初人底梅㵎詩話（卷中）中說，「杜小山未嘗問句法於趙紫芝，（趙師秀）答之云『但能飽吃梅花數斗胸次玲瓏自能作詩』」。梅花是清瘦底象徵。曾經受過江西派洗禮的崇尚質樸的南宋底詩壇一躍而拋棄穠麗的好尚實是當然的吧。這個時候所謂江湖派底產生了。理宗底寶慶年間臨安書肆主人陳起能詩以其所交的在野的詩人為主加前人若干集六十二家底詩歌題為江湖小集而刊行因此有江湖派的名稱實際上，各人有各人底面孔沒有什麼一派的主張但其中追隨四靈底風氣的人很多這個時候嚴羽奮起，崇尚盛唐底詩歌來壓抑他們兼欲矯正江西派底弊病他在自己寫的詩歌中實行他底主張且著滄浪詩話一卷論辨盛唐之為正宗他底詩話中說「至東坡山谷始出己意以為詩唐人之風變矣。・・・・・・山谷用工尤為深刻其後法席盛行海內稱為江西宗派近世趙紫芝、翁靈舒輩獨喜賈島、姚合之詩，稍稍復就清苦之風江湖詩人多效其體一時自謂之唐宗……今既唱其體曰唐詩矣則學者謂唐

詩誠止於是耳，得非詩道之重不幸邪？故予不自量度，輒定詩之宗旨……截然謂當以盛唐為法，雖獲罪於世之君子不辭也」他底意氣很旺盛，他底說法實很正確與他約略同時的人時少章（據說是呂祖謙底門人），書王安石編唐百家詩選二十卷底每卷之後品評唐代詩人（元吳師道吳禮部詩話，全錄其文）大概地講是尊崇盛唐卑視中唐以後的，他說「自儲光羲而下，王建、崔顥、陶翰、崔國輔，皆開元、天寶間（即盛唐）人詞旨淳雅，蓋一時風氣所鍾如此。元和（即中唐）以後雖波濤闊遠動成奇偉，而求其如此等遂遠清妙，不可得也」這裏可以看到這個時候推尊盛唐的不止嚴羽一人嚴羽底詩論隔了很久影響到明代李夢陽、清代王士禎等，在詩學史上是有着重要的意義的，因此想把他底詩論大概在這裏介紹一下；在介紹嚴羽之前有一個在他之前的人底詩論要先在這裏介紹一下這便是南宋中期足與四大家抵抗的作家姜夔底白石詩說一卷其中有成為嚴羽底詩論之先導的地方。

姜夔起初也學黃山谷底詩歌後來丟開黃山谷自成了一家他底詩話只極少的篇幅但所說的，都是根本的理論句句如金玉他底詩說中最尊崇的是「妙」這一個字以為這是詩歌底歸趣。

先說「詩有四種『高妙』」便是(一)「理高妙」(「礙而實通」);(二)「意高妙」(「出自意外」);(三)「想高妙」(「寫出幽微如清潭見底」);(四)「自然高妙」(「非奇非怪剝落文采知其妙而不知其所以妙」)的四種。他在這其間並沒有明示上下底差別,但有如(一)(二)(三)是漸漸地高上去的以(四)的「自然高妙」為極致又說「文以文而工不以文而妙。含文無妙勝處要自悟」。這是論列工與妙底差別的原來工是專因文彩而得的妙卻不是因文彩而得的。但全然蔑視文彩便失去了妙所以妙需要文彩以上的什麼東西底具備因而看作在工之上。此外名論很多但與嚴羽底關係在上述的幾點嚴羽借禪理論詩歌提倡「妙悟」二字他說,

「大抵禪道惟在妙悟詩道亦在妙悟且孟襄陽(孟浩然)學力下韓退之遠甚而其詩獨出退之上者,一味妙悟而已」。他底妙悟的說法雖則說得自禪理與姜白石底高妙的說法是有一脈相通的,

而且姜白石已經說過「勝處要自悟」。或者嚴羽底詩說法是出諸姜白石的吧。他以漢、魏、晉與盛唐底詩歌為第一義以晚唐底詩歌為又在中唐之下。那麼盛唐詩底妙處在什麼地方在於興趣他說,「詩者吟詠性情者也盛唐諸人惟在興趣羚羊掛角無跡可求。故其妙處

底詩歌為第一義,以中唐底詩歌為第二義,

透徹玲瓏，不可湊泊，如空中之音，相中之色，水中之月，鏡中之象，言有盡而意無窮」。就是，興趣這東西，有如羚羊（羚羊是有如山羊的動物。據說夜裏把他底角掛在樹上而睡以避免猛獸底襲擊）底隱晦其姿那樣很難求。所以他底妙處，雖很透澈卻不能明說這裏是妙處，宛如水中月，鏡中象，可以看到卻不能捉捕的。這便是其妙在興趣不一定在於命意及用字上這個說法與白石詩說底「自然高妙」的說法，其思想是相同的。或者嚴羽底說法是出諸姜白石的吧。而且「言有盡而意無窮」一語，是白石詩說中作爲蘇東坡說明含蓄的名言已經引用了的，這也是使我們以爲滄浪受白石底影響的一佐證。其次他貶評宋詩說，「近代諸公乃作奇特解會逐以文字爲詩以才學爲詩以議論爲詩夫豈不工，終非古人之詩也」。這的確是中的的批評唐宋底區別便在這裏又說「夫詩有別材非關書也；詩有別趣非關理也。然非多讀書多窮理則不能極其至所謂「不涉理路不落言筌」者上也」詩材與學問是各別的，詩趣與理論是沒有關係的，所以詩歌以不雜以議論不爲文字底工拙所拘束爲最上這個說法也是從他底「妙悟」的說法出發的，也是暗暗裏在非難宋詩底弊病的。

如此地厭棄江西派底弊害想復歸於唐詩的氣運發生了這到了元代反動地成了唐詩底復

第五章　宋代底文學思想

九七

興；到明代極端地排斥宋詩崇尚盛唐的說法風靡了一代。總之，唐詩與宋詩在詩學上，是兩個不同的存在：唐詩是蘊藉的，卽令意義不明瞭其心情卻極可吟味；宋詩照意義那樣是顯露的，這由於其時代思潮的很大。在文學思想上也在唐與宋之間拿一根線來劃分了。

在北方的金也有人以爲很受了江西派底影響但我還不知其詳只是在末葉發生了厭棄江西底弊害的風氣如王若虛底滹南詩話三卷對於東坡底詩歌雖則稱揚但對於山谷卻極力加以貶斥的批評。元好問（遺山）也在其論詩三十首中說「蘇門果有忠臣在肯放坡詩百態新」這樣地崇仰東坡但是也說「論詩寧下涪翁拜（黃山谷）未作江西社裏人」這樣地厭棄江西底仰自蘇東坡追溯到唐代底李杜北方詩壇底風氣爲之一變，看他底編集唐詩鼓吹也可以看到他是有尊重唐代的意思的。在金鼓吹唐詩的從他開始，所以名家出世繼承了衣鉢所以在元代有復興唐詩的趨勢在其北方金底故地開啓這種氣運的人實可說是元遺山吧。所以卽令領域分隔了南與北思潮卻大略是並行地流着的只是南人北人在氣質上有柔剛底差別，自然地在作風及好尚上表現了出來，所以元遺山在自題中州集後（中州集是

九八

他選載金人底詩歌的集子）的詩歌中說，「若從華實評詩品，未便吳儂（指南宋人）得錦袍」，這是誇耀北人底詩歌以質實勝的。

第四節　文論

自從歐陽修等提倡韓、柳底古文之後，宋人對於文章的根本的思想顯著的有兩項。一、作文底模範本諸周代底經傳，（即六經及祖述六經的著作）傍探先秦底諸子及前漢底文章不取後漢及六朝，在唐代以取法韓、柳為主。二、上古底文章都是簡質的世代日下文章也隨着漸漸繁縟依據這種現象，他們有文章以簡質為最上的觀念。這兩者都是繼承韓愈柳宗元底系統的思想。我們先就前者來說明。韓愈說，「始者非三代兩漢之書不敢觀」（答李翊書）這並不貶斥後漢，柳宗元說：「殷周之前，文簡而野；魏晉以降則蕩而靡得其中者為漢氏漢氏之束也則既衰矣」。（西漢文類序）這是推尊漢代底文章，卻以後漢為衰落底開始。到蘇軾更進一步以為自前漢便已衰落了他說：「西漢以來以文設科而文始衰·自賈誼司馬遷其文已不逮先秦古書況其下者耶」？（答王庠書）但他底門下李

薦說，「東坡教人讀戰國策……賈誼、晁錯、趙充國之章疏……莊子……論語、孟子、檀弓……韓、柳之文」。（餘師錄卷四引）那末他並不貶斥前漢底文章他所不取的是後漢以後六朝底文章東坡門下陳師道後山詩話中也說「余以古文爲三等周爲上七國次之漢爲下……東漢而下無取焉」。

這是繼承東坡底說法的。陳師道三等說以春秋以前的文章爲最上；戰國諸子底文章已下居第二等但是在實際上因爲六經太古了作爲直接學習文章的模範有不適宜的地方所以普通都以爲學習與經相輔的傳底文章及諸子底文章暨前漢底文章最爲適例如南宋初的唐子西文錄已經斷然地說「六經已後便有司馬遷。……六經不可學亦不須學故作文當學『司馬遷』」。固然其中也有頑固的論者主張可學孔子底春秋底經文就是元人專編集宋人論文之語的修詞鑑衡中說「爲文必學春秋然後言語有法近世學者多以春秋爲深隱不可學蓋不知春秋者也。……趙啖曰『春秋明白如日月簡易如天地』」。（元王構編修詞鑑衡春秋之文條書中各條皆記出處此條未記）總之竭力以學習古代底文章爲理想這是一般的潮流

其次崇尚簡質的風氣是調子唱得很高的如前所述（本章第一節）使歐陽修作古文的契機在

一〇〇

於尹洙底文章底簡潔；他作文的時候，專心地淘汰宂雜並洗練使達到簡潔。朱子語類（卷一百三十九）中說：「歐公之文亦好是修改到妙處。頃有人買得醉翁亭記稿初說滁州四面有山凡數十字末後改定只『環滁皆山也』五字」。看了這一個例子，也便很可以知道他是如何地努力於淘汰宂雜。

文章底崇尚簡質的觀念，是因了上古底文章很簡質的，所以這是發生於尚古思想的所以歐陽修底門下曾鞏說敍事沒有能及書經的，堯典中有「在璿璣玉衡以齊七政」的話一句話便講完了，真可謂微妙易詩、禮、春秋論語都是如此的。（餘師錄卷一引）這樣的思想在流行着所以如蘇軾激賞禮記檀弓篇底簡潔，這事項的一條，其記載只數十字，舜典中詳細地記載堯命羲和測定天文指導民之農時等等

以天體觀測的器具更精密地測定天文的其體至大但用一句話便講完了，真可謂微妙易詩、禮、春秋論語都是如此的。（餘師錄卷一引）這樣的思想在流行着所以如蘇軾激賞禮記檀弓篇底簡潔，這是成為後人底宗奉的就是，黃山谷說：「往年嘗問東坡先生作文章之法。東坡云『但熟讀禮記檀弓當得之』旣而取檀弓二篇讀數百遍然後知後世作文章不及古人之病如觀日月」。（餘師錄卷二引）

呂本中也依從他底說法說：「檀弓與左氏紀太子申生事（見左傳僖公四年）詳略不同讀左氏然後知檀弓之高遠」。又說：「論語、禮記文字簡淡而不厭似非左氏之所可及也」（餘師錄卷三引）這個

檀弓與左氏底優劣論很有贊成的人，南宋陳騤底文則中，列舉兩者底文例加以比較，李塗底文章精義中也講到這一點太崇尚簡質甚至於把周禮考工記這種乾燥無味的類似科學的記錄的文章都加以激賞就是文則中說，「考工記之文推而論之，蓋有三美：一曰雄健而雅，二曰宛曲而峻，三曰整齊而醇」並列舉其文例但是並不是漫然地崇尚文章底簡質的，文則中說「事以簡爲上言以簡爲當言以載事文以著言則文貴其簡也文簡而理周斯得其間也讀之疑有闕也，非簡也，疎也」。當然是要簡而得其要的。在文則中還把由於時代底古與新文章有繁簡之別的文例列舉着加以比較及對照。

書經——爾惟風下民惟草。

論語——君子之德風小人之德草草上之風必偃。

劉向載洩冶之言——夫上之化下獨風靡草東風則草靡而西，西風則草靡而東，在風所由而草爲之靡。

時代越晚，文章越是由簡成爲繁這便是他們所以尚古貴簡的原因。這種思想，一直到後世都爲人

們所崇奉尤其是清代桐城派的古文家，鼓吹得更起勁。當然並不是不希冀文章底暢達及藻彩底煥發的，但如上述的東坡所說的「漸老漸熟乃造平淡」這正是他們底理想所以現在只說明這一方面。

第五節 詞論

詞是發生於中唐經歷五代到宋代興盛了的歌唱的詞，恰如日本底「端唄」「長唄」。所以在其性質上尊崇豔麗是本來的面目而且其在發達底過程中是在晚唐五代文學尊崇綺麗的潮流中養育了來的，所以其中寓以豔情的很多卽令在北宋也以豔情爲正統。甚至於如在詩歌及文章上鼓吹古質平淡的風氣的歐陽修在詞中以豔情着色了的綺麗的作品也很多所以後人有獨斷地說浮豔之詞並不是歐陽修底作品的，也有想從歐陽修身上揩掉這汚穢的懇摯的迷信家。（宋曾慥樂府雅詞序）但這是北宋人對於詩與對於詞在其根本觀念上有雅俗之別的緣故雖如歐陽修怕也隨着時習的吧。當時張先、柳永是齊名的精通音樂的專家鼓吹豔體風靡了一世這個時

候，蘇東坡起來以詩的骨力作詞，想一掃綺羅香澤的習氣。東坡因為對於音樂的理解很淺，所以他底詞難協音律究竟不是本色就是不被當作正統但是這也成了一種的勢力後來經歷南宋崇拜者也不少終於產生了尊崇豪健的一派與張柳的一派相對峙論詞的在南宋初有王灼底碧雞漫志五卷很為蘇東坡辯護而痛罵柳永（耆卿）他說「柳耆卿之樂章集世多愛賞該洽惟是淺近卑俗，自成一體不知書者尤好之予嘗以比都下富兒雖脫村野而聲態可憎」。並且慨嘆時人大多學柳永底詞之愚蠢又說：「東坡先生以文章之餘事作詩溢而作詞曲高處出神入天平處尚臨鏡笑春，不顧儕輩或曰長短句（指詞）中之詩也。如此論者乃是遭柳永野狐涎之毒詩與樂府（指詞）同出，豈當分異耶？（俱見卷二）」看了這些話可知時俗底好尚並且可以看到了解文學的人對他是抱不平的。

受柳永等底影響，在北宋末產生了周邦彥有的人甚至於許為北宋詞底集大成者，很為南宋人推尊所以在其末葉顯現的沈義父底樂府指迷中推尊說「凡作詞當以清眞（周邦彥底號）為主。

蓋清眞最為知音且無一點市井氣下字運意皆有法度往往自唐賢詩句中來，而不用經史生硬字

面。此所以為冠絕也」又說「作詞與詩不同縱是用花卉之類亦須略用情意，或要入閨房之意，如只直詠花卉不著些豔語又不似詞家之體例」這是代表詞底正統派的說法。但稍後出世的張炎底詞源與樂府指迷不同慨嘆時人專學周邦彥的弊害說：「美成（周邦彥底字）負一代詞名作詞者多效其體製失之軟媚」。評論邦彥說：「惜哉意趣卻不高遠」。對於蘇東坡卻稱其清麗精妙說：「周（邦彥）秦（觀）諸人所不能到」。又說：「詞若屏去浮豔樂而不淫是亦漢魏樂府之遺意」他在詞的方面是南宋末有數的作家也精通音樂由對於東坡派的辛棄疾表示不滿意來看是應當目為正統派的但是在他底厭棄軟媚貶斥浮豔稱贊東坡這一點上來看是想拿來矯正正統派底弊害的是一種穩健的思想。如前引的樂府指迷中也說過的那樣詩與詞底門徑全然不同所以崇尚質實的宋人在這方面也並不會貴質實張炎雖則貶斥浮豔卻也力戒質實他提倡清空二字他說：「詞要清空不要質實清空則古雅峭拔質實則凝澀晦昧」因為清空是位於質實與豔麗之間的趣味，是一種爽朗的感覺總之，宋人在詩歌及文章方面都崇尚質實只有在詞的方面纔看到表現豔情的地方大發揮其色澤這是脫去袍子馬褂渾醉一場的天真爛漫的境地。但是詞並不是俗曲

第五章 宋代底文學思想

一〇五

底辭，卽令詞是在歌妓口中歌唱的，詞家都切戒其作品墮入俗曲中這正是往往把柳永底詞看作鄙俗而加以擯斥的原因。樂府指迷中也非難施岳底詞染了「敎坊（歌妓底養成所）之習」，又切戒說：「下字欲其雅不雅則近纏令（俗曲底一種）之體」。詞源中也說：「詞欲雅而正志之所之，一爲情所役則失其雅正之音」。

第六章　元明底文學思想

在明代中葉弘治正德之間，由李夢陽、何景明首倡，揭櫫文章宗秦漢，詩歌宗盛唐的口號，掀起了復古運動贊和他們的人很多因此風靡了一世。入後在嘉靖、隆慶間，李攀龍、王世貞繼承他們底說法統率了文壇同時王愼中、唐順之提出文章主宋代歐陽修曾鞏詩歌主初唐的口號歸有光標榜唐宋八大家底文章與他們抗爭。萬曆中葉以後袁宗道宏道中道兄弟起文章宗蘇東坡詩歌宗白樂天力排李王鍾惺譚元春以立僻說爲事排斥李王一派而代之後來錢謙益在文章上宗唐宋八家在詩歌上不主唐詩另外鼓吹宋元詩照上述的話來看明代中葉以後的文壇很熱鬧作品底高下姑且不談在各自高唱其主張這一點上頗見活躍而成爲其中心的是李何李王底復古說這在文章上來看是古文辭派這在詩歌上來看是格調派這兩者都是以擬古爲事的所擬的古是「文則秦漢，詩則盛唐」結果這

個主張可以說把北宋產生的古文說更徹底地限定了並且把萌芽於南宋末的盛唐詩推尊說完成了從如此的立場上來看可以說元一代及明代初期是這個復古運動底準備時代慢慢地一步步地推進了進去。

第一節 到擬古主義去的過程

清顧嗣立是元詩選底編者對於元詩造詣很深在他底寒廳詩話中通論過元一代詩風底大勢。元初在原本金底領域的西北有劉因等很是興盛但還沒有脫去粗豪的風氣在南宋故地的東南趙孟頫等輩出洗盡宋金底餘習詩學為之一變。入後在中葉的延祐、天曆的時候風氣日開虞集、楊載、范梈、揭傒斯等四傑出專以唐詩為宗成就了元一代底極盛期這個時候蒙古出身的貫雲石、馬祖常開拓綺麗清新的一派在四傑之外別開了生面。到末期蒙古系的薩都剌繼承貫馬這一派，擴大這一派底風氣楊維楨作為東南文壇底領袖直到明初其影響便很大了。上述的顧氏底論列很能說明元代詩風底大勢元代底詩界繼承那萌芽於南宋末的唐詩復興的氣運專致力在這一

點上；但在其初期還有江西派底餘風最顯著的，如方回底瀛奎律髓四十九卷這著作，選集唐、宋底詩歌宗旨在推尊江西立所謂「一祖三宗」的說法。一祖是杜甫三宗是黃庭堅、陳師道陳與義，大地鼓吹江西底風氣但是大勢已去這個時候南方戴表元底清新麗密北方劉因底風格高邁都是脫去了宋、金底習氣的其次中期的虞、楊、范、揭四傑都以唐詩爲歸趣在這個時候這種風氣很興盛。但自到末期之後一般的潮流愛慕晚唐底穠麗如楊維楨這種大才崛起竭力想矯正時弊的柔媚；但是他自己底作品底妖麗還是倣效晚唐溫庭筠、李商隱的所增加的只是中唐李賀底險怪的惡習。

由於明初高啓、袁凱、林鴻等底出現，開啓了矯正元末弊害的端緒：高啓以初唐、盛唐爲主有時出入於中唐晚唐；袁凱專學杜甫林鴻特以盛唐爲目標。林鴻是福建人所以他底主張在這個地方很流行高棅受了他底影響編唐詩品彙百卷建立了以盛唐爲中心的觀察法。依據其凡例大約以初唐爲正始看作唐代正風底發端將盛唐分爲正宗大家名家羽翼定爲唐詩中堅以中唐爲接武看作繼承時代以晚唐爲正變餘響看作轉換期及餘波在這部書之前，元末至正間楊士宏底唐

晉十四卷把唐詩分類為始音、正音及遺響始音取初唐四傑底詩歌，正音以初唐盛唐為一類，中唐為一類晚唐為一類遺響廣取各家底作品；高棅是依據這部書變化了的。（原書未見據四庫全書總目總集類三）。但以盛唐為中心的見解是遠發之於滄浪詩話近受之於林鴻的。據明史文苑傳說，明一代之開卷驥視宛若舊本（唐人底詩集）然細味之求其流出肺腑卓爾有立者指不能一再屈也」。但是懷麓堂詩話中已經指摘了這種弊病。他皺了眉頭說「皆極力模擬不但字面句法併其題目亦效己底精神意象在其中運用的。至於袁林兩家底模擬比諸高啓缺少自己底精神意象擬唐詩的風氣實是高啓、袁凱、林鴻等做了先導，在這兩根線底交叉點上產生了李何一派高啓模據說在模擬古人底作品而探取其癖好這一點上是最工的；但是這並不是單純的模倣很能把自也是一種的看法這部書直接影響李何一派的，在於以盛唐詩為歸趣而排斥中唐以後這一點。因為高棅底書很流行所以後來由李夢陽何景明倡道的模擬盛唐詩的風氣實是胚胎於此的。這擬唐詩的風氣實是高啓、袁凱、林鴻等做了先導，在這兩根線底交叉點上產生了李何一派高啓從李東陽底門下產生了模擬派的李何，這是得發一苦笑的。李、何一派以模擬為事這是作為學習古人底詩歌的手段而出以此舉的，他們底理想，在於得

到古人底詩歌底格調所謂格調，便是格律與聲調。這是屬於詩歌底外形方面的，格是訴諸視覺的，調是訴諸聽覺的。關於聲調的研究，到了唐代總與盛到了宋代論到詩格的風氣暫時閉塞了。但到了南宋末的滄浪詩話設「詩體」一門，加以概略的論列。到元代看到了幾種論列詩法的啓蒙書，這些大多是論列詩格的這種潮流，顯現了隔開宋代，連唐代的情況。這種現象是不是與復歸於唐詩相關聯，雖則沒有看到可以推斷的論據，但是總與他並行着擇取進路的，這是不能忽視的事實。其專以分別詩格爲目的的，是編於大德初年的唐宋千家聯珠詩格（于濟撰蔡正孫增註）。專就絕句選擇對法句法用字法相同的作品加以類別並註記其詩底妙處及意義等。此外楊載底詩法家數一卷范梈底木天夢語一卷詩學禁臠一卷關於詩格的論列都是很多的。但是這三部書四庫全書提要因爲他底說法是很低級的因而疑心不是楊載和范梈這樣的大家底著作那末是不是元人底著作不能決定，所以對於我底立論是很不利的。但是作爲傍證有至順時人陳繹曾底文說一卷可以舉出來。這是爲應科舉的人講述作文法的但是他喜歡把文章底體格及句格加以類別並加以論列的；這部書底組織與上述的詩法家數等很相

類似。不論前舉的聯珠詩格或這部文說，都表示分格是元人好尚因而詩法家數等想也是元人底著作而託名於大家的我推測：如此地注意詩格這可不是不久到了明代便成了產生格調派的過程？而且如前所述元末楊士宏底唐音與明初高棅底唐詩品彙把時代底變遷與詩品高下關聯起來分別唐詩底格這可不是元代以來的傾向使然的嗎？假定高棅底著作直接影響李何等便產生了格調派那末把這其間用點線連結起來便可以推定其動向。

第二節　擬古派底興盛

在成化、弘治的時候李東陽底地位及名望都很高獎勵文學提拔後進。在他之前，在永樂、正統之間，有楊士奇、楊榮、楊溥的三楊，都是顯官主持文壇以平正典雅的詩文導引時流世稱之為臺閣體；後進模倣的多流於膚廓冗長於是李東陽起來想矯正其弊害文章宗唐宋八家詩宗盛唐（尤其是杜甫）兼取王維孟浩然韋應物柳宗元。他底詩論有懷麓堂詩話一卷是注重格調的他說，

「詩必有具眼亦必有具耳眼主格耳主聲……試取所未見詩卽能識其時代格調十不失一乃為

「有得」這是論述學習古人底詩歌的時候，能辨別其格律聲調實是急務的；他特別注重的，在於「具耳」，即訴諸聽覺的聲調所以書中常常講到「聲」、「調」、「聲調」、「音節」、「音響」等；又記載着自己底得意之作往往使善歌詩的人歌唱驗其合於聲律與否。他底所謂「聲」，是兼包聲律與聲調的，其中特別注重聲調他說「所謂律（律詩）者，不獨字數之同，而凡聲之平仄亦無不同也。然其調之為唐為宋為元者亦較然明甚。此其故何耶？大匠能與人以規矩，不能使人巧。律（律詩底法則）者規矩之謂而其為調則有巧存焉」。總之，「聲」中有「律」與「調」，「律」是平仄，即聲律「調」是由聲律運用底技巧產生的各人或各時代底音調這便是他所以尊崇「調」的原因又說「潘禎應昌嘗謂予詩宮聲也予訝而問之。潘言其父受於鄉先輩曰「詩有五聲，全備者少，惟得宮聲者為最優蓋可以兼衆聲也。李太白杜子美之詩為宮，韓退之之詩為角，以此例之雖百家可知也」予初欲求聲於詩……然不敢以示人聞潘言始自信」。因為潘禎底話，是以調子的宮商角徵羽五聲的觀念來測度詩歌底聲調的（五聲原是音階但也可以轉用於調子）。在音樂上，宮聲是被當作洋洋的和諧的音的，而且是成為五聲底基礎的，所以說「兼衆聲」的。角聲是被當作

峻烈的銳利的音的。我不很懂詩歌底聲調，似乎這是與修辭上的格律平行的；杜甫和李白底詩歌是洋洋的當然有宮聲的感覺，韓愈底詩歌是蒼硬的有角聲的感覺，這樣來看可以知道聲調與格律是有密接的關係的。所以李東陽說「唐詩類有委曲可喜之處，惟杜子美頓挫起伏變化不測可駭可愕，蓋其音響與格調正相稱回視諸作皆在下風」這是以聲調與格調底正相稱為理想的；可以知道他底注重格調以盛唐尤其是杜甫為宗的原因便在這裏。他是拿這種論調來自己實行的，不曾以此呼號於天下到他底門下李夢陽、何景明出崇拜這種說法掀起了復古運動。

李夢陽何景明不曾遺下論列諸文的專著他們底意見只散見於他們文集中幸而吾師鈴木先生在中國詩論史（第三章論格調說）中作過詳細的研究這裏只是拜借其研究底成果並略加拙見關於格調說李何都不曾論列因為大概他們以為格調說已略盡於他們底老師底說法中了吧，他們便走到實行運動中去了似乎他們以為由於模倣古人底作品可以得到其格調他們着手擬古之作。關於這一點後來發生了李與何底意見之不同互以書簡論難，何景明說：李夢陽拘泥古法，不能自立應該從古法中跳出來，自己開拓新生面。李夢陽回答說：我雖則遵守古法但遵守古法

而不襲用其辭是沒有什麼弊害的,是在遵守古法之中自己推移自己變化的,並不必自閉一門戶。就是李是主張做古主義何是採取創造主義的他們底老師李東陽,在他底詩話中論列模做底弊害而且說作爲得到格調的手段先要往復諷詠古人底作品長久了,便自心有所得然後把他在自己底作品中表現出來,卽令千變萬化自會得到不越出法外的結果。所以夢陽底做古主義有曲解李東陽底格調說的傾向在這一點上是可以看作繼承明初高啓林鴻等底系統的吧。其次他們所取的古法底範圍也與他們底老師有不同的地方。在詩歌方面以盛唐爲目標是相同的;其次他們所限於秦、漢這與他們底老師主張唐、宋八家,大不相同關於詩歌,更精密地講李夢陽在五言古詩方面,取漢、魏及晉陸機曁宋謝靈運在七言古詩方面取盛唐,在律詩絕句方面取盛唐。何景明也大略相同,但不取晉、宋而夢陽極力痛罵宋代底詩文他說「宋儒興而古之文廢矣」又說,「詩至唐古調亡矣然自有唐調可歌詠……宋人主理不主調於是唐調亦亡」自從投下了一塊復古的石頭之後附和的人以他們兩人爲中心畫了大波紋其傑出的有李、何、徐禎卿等七人這叫弘治七子勢力很大。七子中的徐禎卿有談藝錄在古詩方面取漢、魏不取晉、宋,專崇質斥文這是與李夢陽稍稍

不同的。

在這個時候,有不捲入這種潮流的漩渦中甚至於連宋詩也不捨棄的人試舉其略可知悉的人,第一是沈周。（石田）當時徐泰底詩談中說姑蘇沈周出入宋、元成一機軸。孫登（魏隱士善嘯）獨嘯和者甚稀。沈周底同鄉有都穆,曾經學詩於沈周。在其南濠詩話中說述宋詩而且說「昔人謂,詩盛於唐壞於宋近亦有謂元詩過宋詩者、陋哉見也」。何孟春是與夢陽等同出於李東陽之門的人,其餘冬詩話卻說及宋詩的很多,據書中的話他與都穆很有交往實似與有同一的傾向到嘉靖初年便很興盛了;李何一派底勢力也似稍稍衰落當時楊愼底升菴詩話（歷代詩話續編本卷七）中載其友人論詩的話說「至李何二子一出變而學杜。……嘉靖初,稍稍厭棄,更爲六朝之調、初唐之體,蔚乎盛矣」!楊愼正是鼓吹六朝底詩歌的第一個人。而且他承認宋詩中的佳作,說「宋詩信不及唐,然其中豈無可匹體者?在選者之眼力耳。……（列舉了許多例證）誰謂宋無詩乎」?因爲「宋無詩」是李何底口頭禪且對妄信唐詩者下砭鍼說,「學唐者動輒言唐詩,便以爲不思唐人有極惡劣者,如辟逢戎昱乃盛唐之晚唐」。（俱見同上卷四）但這些都是憤慨時俗的話,他底本心是:「唐人詩

主情去三百篇近，宋人詩主理去三百篇卻遠矣匪惟作詩也其解詩亦然」。（同上卷八）他實在是不喜宋詩的。總之，看了楊愼底憤慨的話也可以知道李、何底餘風還沒減退趁着這個機緣在嘉靖底末葉李攀龍起來開始煽動這種風氣王世貞等和他共鳴，再掀起了波瀾其中心人物是李、王、謝榛等七人這叫嘉靖七子其中李與王底聲望最高李攀龍卒於隆慶四年王世貞一直生存到其後的萬曆十八年所以王於李卒後獨操文柄二十年博得了隆盛的聲譽。

七子之中謝榛是前輩有四溟詩話四卷；王世貞有藝苑巵言十卷；李攀龍沒有文學評論的專著，而且徵諸王世貞所說李于鱗（攀龍）之評詩少見於筆札（藝苑卷四）的話在他底文章中評論的話也似很少所以這裏以謝、王兩家底說法代表這一派。謝榛對於詩歌底「聲調」底講述最用力，由於書中或稱「聲律調格」（卷三）或稱「聲口」、「格調」（卷四）相對的用例可以知道他底所謂「聲調」是兼包這兩者的其用語底概念很不明瞭但從他論詩調來推測其所謂「聲調」是李東陽底所謂「調」或「聲調」似以聽覺的方面為主的他關於學唐詩的目標與李攀龍、王世貞等討論的時候發表他底意見說「歷觀十四家所作咸可為法當選其諸集中之最佳者錄成

一一七

一峽。熟讀之以集神氣歌詠之以求聲調，玩味之以裹精華得此三要則造乎渾淪。不必塑譎仙，而畫少陵也」。（卷三）這是確論其排斥模倣這一點，是使李、王後輩不陷入李、何底弊害中的老成人底婆心。但是他們終不能擺脫其弊害，李攀龍最甚很受後人底非難。其次他對於律詩的造詣最深常常說述其聲調，例如說詩歌底平仄與抑揚底關係說平聲是揚上聲是抑去聲是揚入聲是抑他說揚多抑少則調勻抑多揚少則調促並舉實例加以說明又論列律詩底上三句落腳的字相互間也應該圖謀聲調抑揚講聲調很嚴。他說「子美七言近體最多凡上三句（落腳的字）轉折抑揚之妙無可議者其工於聲調盛唐以來李、杜二公而已」。（卷三）終於他甚至於對於唐詩在聲調上也有不許可的而且常常走到試改唐詩的極端的路上去。關於他可以注意的是李東陽底格調說，

其次在王世貞底藝苑卮言中，試看他對於李、何底復古說是如何地觀察的。他崇奉復古說但與李、何底說法不一定相同他先就學詩文的目標加以若干的訂正。何景明說「文靡於隋韓（愈）力振之，然古文之法亡於韓詩溺於陶；（淵明）謝・（靈運）力振之，然古詩之法亦亡於謝」。（卷一引）

王世貞說，「世人選體（載於文選的漢、魏、六朝底詩體）往往談西京（前漢）建安（後漢末）便薄陶、謝。此似曉不曉者毋論彼時（漢魏晉宋）諸公（當然可取）即齊、梁纖調李杜變風亦自可采貞元而後（中唐）方足覆瓿」。（卷一）李夢陽取漢魏與晉陸機暨宋謝靈運何景明對於晉宋全不取但王世貞對於齊梁也不捨棄世貞對於景明所非難的陶淵明謝靈運辯解說，「淵明托旨沖淡其造語之極妙亦自乃大入思來琢磨之使無痕跡耳」。（卷三）「三謝（靈運惠連朓）固自琢磨而得然琢磨之極工者為難。……自今而後，……日取六經周禮孟子老莊列荀國語左傳戰國策韓非子離騷呂氏春秋淮南子史記班氏漢書西京以還至六朝及韓柳便須銓擇佳者熟讀涵詠之……遇有操觚一師心匠。……豈不快哉」！（卷一）他大約是贊同李何底說法的但對於韓柳並不捨棄他與李夢陽偶然（夢陽）勸人勿讀唐以後文吾始甚狹之今乃信其然也記聞旣雜下筆之際自然於筆端攪擾駆斥為難。【謝榛也說，「詩至三謝迤有唐調」。（四溟詩話卷一）】其次關於文章，世貞說「李獻吉然」。（卷一）

在自己作品中感到用了「郭汾陽」三字便不把這首詩編入詩集（四庫全書總目別集類二十一引那樣頑固大不相同所以對於李何所作的詩文對於詩歌還大概許可對於文章卻大加非難他說，

第六章　元明底文學思想

一一九

「李自有二病曰模倣多則牽合而傷跡結構易則龐縱而不工」又說，「獻吉文，如譜傳于蕭懿康長公碑封事數章則佳耳其他多涉套而送行序尤率意可厭」。（卷六）

最後試一看嚴羽底滄浪詩話底說法影響到這一派的鱗爪他底尊重盛唐的說法，是被繼承了下來的，這是不消說的。此外李東陽在懷麓堂詩話中非難宋人底詩話獨稱譽滄浪詩話，他底門下也似推尊這部著作，李夢陽說述詩歌底妙趣的時候說，「古詩妙在形容所謂水月鏡花」、

（四溪詩話卷二引）這便是滄浪底「水中之月，鏡中之象」。謝榛也因而說，「詩有可解，不可解若水月鏡花勿泥其迹可也」。（四溪詩話卷一）這「可解不可解」的說法也是從滄浪中講盛唐詩以興趣爲主其妙不可捉捕只在感覺到的這種思想上出發的。「近代評詩者謂詩至於不可解，不必始於謝榛嘉靖間的逸老堂詩話中引蔣冕底話說，解，然後爲妙。……」蔣冕是成化年間的進士，李夢陽與何景明稍後是何說耶？且三百篇何嘗有不可解者哉」？（卷下）蔣冕非難我想可不便是李何一派底說法而謝榛似是繼承他是弘治間的進士所以約略同時。蔣冕底非難我想可不便是李何一派底說法而謝榛似是繼承他的。王世貞也講過同樣的話他說，「李于鱗言唐人詩句當以『秦時明月漢時關』」（王昌齡底從軍行）

一一〇

壓卷余始不信……旣而思之，若落意解，當別有所取；若以有意無意可解，間求之，不免此詩第一耳」（藝苑卷四）所謂有意無意之間這是晉庾敳底話（世說文學篇）謝榛底四溟詩話（卷三）也講到這句話，大概是這一些朋友間的流行語。以爲詩意不明瞭的地方正是妙處這與宋人以義理通達爲要件，正相反；成爲這種說法底先驅的，實是滄浪詩話。以意義不明白的詩歌爲佳作，這似是怪話，這是因爲對於格調之妙給與了意義以上的價值的吧。

李王一派底勢力很盛但是當時王世貞底說法要不是初唐盛唐便恥於掛在嘴上及專以剽竊模倣爲事的弊害並且預言說，「第恐數十年後必有厭而掃除者」。他底預言很中的，而且不必待數十年後便開始了掃除運動。

中痛嘆時人只是崇奉李攀龍王世貞底說法，不附和他哥哥，在其著作藝圃撷餘一卷

第三節　創造派底抗爭

在李、王起來之前當嘉靖底中葉，王愼中、唐順之起初依從李、何底古文辭說以秦、漢之文爲主，

後來，王慎中先悔悟從前的錯誤師法宋歐陽修、曾鞏底文章，改去了舊習。唐順之還不佩服王慎中底說法後來也變了，依從了他以唐、宋八家底文章爲主兼溯諸秦、漢的文章也不如李夢陽那樣會陷入字模句擬的弊害中。他編了文編六十卷選自周至宋的文章顯示其所適從。在唐、宋兩代專取八大家同時屬於這一派的有王、唐、陳束、李開先等八人稱爲嘉靖八才子，與古文辭派的嘉靖七子相對立。這個時候茅坤很心服唐順之的編唐宋八大家文鈔一百六十四卷其去取大多依據唐順之底文編。但所謂「八家」早在宋眞德秀底讀書記中看到，明初的朱右曾編八先生文集到茅坤底書盛行表彰八大家的觀念便廣在世間傳播了。古文辭派的李攀龍是王慎中任山東提學僉事時賞拔的後進，後來與王世貞等相提攜提倡古文辭極力攻擊王慎中一派這個時候先輩中有歸有光自唐、宋各家底文章追溯秦、漢最愛好史記出其「評點本」與古文辭派相觝排罵王世貞爲「妄庸巨子」世貞也回答他說「妄」是有的，卻不能承認「庸」有光又回答說正惟「妄」所以是「庸」如此地互相抗爭，後來世貞是心服有光了。在文章上歸有光給與後世的感化很大，四庫全書提要（別集類二十五）中評論說明季以來學者知自韓、柳、歐、蘇沿洄以溯秦、漢

有光實有力也這個時候，徐渭也厭惡加入李、王派，曾經看到唐順之底文章心服為現在的歐陽修便私淑了他他底文章酷似順之底詩歌出入於李白李賀之間是鬼氣襲人的。稍晚到萬曆底初期湯顯祖在文章方面以曾鞏王安石為宗在詩歌方面以白樂天蘇東坡為法，力排古文辭派王世貞聞他底大名去訪問他他不見只是把對世貞底文集加以添刪及批評了的，送到會客室中叫客人看他是這麼痛快的。（錢謙益初學集三十一湯義仍文集序）以上是反古文辭派中的主要的人物他們底所以排擊也有對於目標的意見底不同主要的在於想矯正其模擬的弊習

王世貞死後不久萬曆中葉以後公安（湖北）人袁宗道宏道中道兄弟起來，詩歌以白樂天為宗，文章以蘇東坡為宗排斥李、王底說法成為其原因的是李贄（卓吾）底說法就是：袁中道底友人錢謙益說，萬曆之季海內皆詆訾王李以樂天子瞻為宗其說唱於公安袁氏而袁氏中郎（宏道）小修（中道）皆李卓吾之徒其指實自卓吾發之。（見初學集卷三十一陶仲璞瀨園集序）袁宏道底說法是唐代有唐代底古詩不限於文選的體制中唐、晚唐都有詩沒有限於盛唐的必要，宋代也有歐陽修、蘇軾陳師道黃庭堅不限於唐人而且唐人底詩歌千載常新現在的詩歌即令是新創作的也是舊的

這是由於自性靈流出的及以剽竊模擬爲事的之不同。(據列朝詩集丁集卷十二) 就是：以排斥模擬，專抒性靈爲旨。這種主張，是繼承詩經關雎底序中「吟詠情性」這種思想的系統的。梁鍾嶸底詩品中也曾力說過，這決不是新的說法；這在從正面攻擊仿古主義的創造主義者並不是十分有力的武器。這種主張，一新了天下底耳目，學者大多捨棄李、王派而依從了他稱他爲公安體詩文都一變歷來的板重而爲輕巧了，剝落了粉飾，看到了本來面目。這個時候古文辭派大衰落，但公安派底弊病是往往有任意戲謔且雜以俚語的不久，在萬曆底末葉竟陵（湖北）人鍾惺與同鄉譚元春起來想矯正公安派底弊病標榜深幽孤峭的趣致。有的人說，鍾、譚一出海內纔知性靈與同鄉譚是：公安派底性靈說到了他們，是更展開了的。他們共編古詩歸十五卷唐詩歸三十卷加以評點盛行於世名滿天下。學他們的人很多，這叫竟陵體。但是鍾、譚兩人學問淺陋見解偏僻所以大爲識者所譏。有人批評詩歌到了這個時候已陷入了魔道，達到了衰顏底極點。所以一方面到明末崇禎間還有繼承李、王派底餘緒的，如張溥主倡的復社，陳子龍主倡的幾社便是。陳子龍編明詩選十三卷以李、何、李、王一派爲標準。錢謙益想矯正李、王底餘弊，在他底列朝詩集中極力壓抑李、何、李、王，致意於

歸有光以下以至公安底三袁這些反李王派底表彰；但是對於鍾、譚，卻以為是不足掛齒的。他底門人馮班在他底鈍吟雜錄（卷三）中說，錢牧翁（謙益）選國朝詩選，余謂止合痛論李、何、王、李如伯敬（鍾惺底字）輩本非詩人棄而不取可也。

這一節以錢謙益底列朝詩集丁集第十二明史文苑傳四庫全書總目集部等為主參酌了記述的。

第四節　白話文學底尊重

如其論列白話文學與文言文學底區別，這是很囉嗦的問題吧；這裏只限於白話體的戲曲及小說。戲曲似的戲曲底發達始於宋代，白話體的小說也是從宋代底「話本」顯著了的當時的戲曲的雜劇現在連一鱗半爪也不留存了依據記錄是以滑稽諷刺鑒戒為主的。南宋末的夢粱錄（卷二十）中說大抵全以故事務在滑稽唱念應對通遍此本是鑒戒又隱諫諍故便譏露謂之無過蟲而已把他叫作「無過蟲」大概是言之者無罪聞之者足戒的諷刺的意思吧。俳優底以滑稽諷刺為旨這是周秦以來的舊風習徵諸史記滑稽傳中所見的優孟、優旃底行事等便可明白但是宋

第六章　元明底文學思想

代底雜劇就現在其外題很多存在於記錄中的來看，也可以知道，有取材於唐人底人情小說的柳毅、崔護、鶯鶯及處理其他關於男女底情事的著名的故事的相如文君裴航王魁等不單只滑稽劇。這種潮流，到了元代更其發展了滑稽諷刺是衰退了白話小說宋代底作品現在有幾種存在着，這與雜劇異趣沒有以滑稽諷刺爲旨的鑒戒的意思或者可以說有但總之是興味本位的，再就記錄來看，在南宋人底都城紀勝（瓦舍衆伎）中把當時的「說話」底內容加以類別。「烟粉靈怪」即人情故事及怪異談；「搏刀趕棒」即俠客故事之類；「士馬金鼓」即軍事談；「參禪悟道」即通俗說經；「書史文傳與廢爭戰」即歷史談以滑稽爲主的沒有看到但南宋人底東京夢華錄、（卷五）武林舊事（卷六）中舉着「說諢話」的一種這從字義上來推測，是以滑稽談爲專門的吧。觀察上述的記載可以說當時說話底內容是比雜劇更進步的。對於雜劇與說話人們給與了如何的文學的評價雖則不很明白但總不出於娛樂的程度的吧。但是有叫作諸宫調的白話體的唱本這是被評價得相當地高的。據南宋初的碧雞漫志（卷二）這是北宋神宗、哲宗時澤州底孔三傳首創的說「士大夫皆能誦之」。稱爲金章宗時董解元之作的西廂諸宫調現存着這實是傑作。

到了元代雜劇大進步有才能的文人多染指雜劇遺留了不少偉大的作品到了這個時候，其文學的評價也漸漸地高了。到了元代末葉鍾嗣成編錄鬼簿二卷編輯元初以來雜劇作者底略傳及作品底目錄周德清底中原音韻示作家以韻底標準且就戲曲及散曲底作法論列專門的技巧。明初寧獻王底太和正音譜示作家以曲辭底典型而且簡單地品評元初至明初的雜劇及散曲底作者一百餘人。這裏可注意的是：批評家底價值判斷比一篇的戲曲更注重於一篇戲曲中所用的典辭底工拙所以他們把雜劇與散曲（他們稱之為樂府）等視的散曲原本是與雜劇不同的獨立的歌曲但是因為在音樂上是用共通的曲子的，所以對於雜劇每把賓白及情節底佈置不放在心上單單把他底曲辭拿出來於是與散曲是同樣的東西了。中原音韻以散曲為主稍及雜劇太和正音譜則以雜劇家為主但還是與散曲家沒有區別，都以其曲辭底工拙所以取者初以為雜劇家方面的第一人關漢卿放到第十位而且說觀其詞語乃可上可下之才蓋所以把雜劇之始故卓然前列拿了這樣的理由纔把他放到第一流的一羣中的他底工於戲曲底結構是不放在心頭的。在雜劇中曲辭很重要這是當然的但表示如此的偏重的傾向的，是在說明雜劇在文學

第六章　元明底文學思想

一二七

上是要拉到與詩詞站到同等地位上去的吧。而且在正音譜中，在其列舉的自元初到明初的雜劇底外題之中尤其是附錄以「娼夫不入群英四人共十一本」是把俳優底作品從文人底作品區別出來並且除外了的。而且引元初趙子昂底話說雜劇出於鴻儒碩士騷人墨客之所作又說娼夫之詞名曰綠巾詞其詞雖有切者亦不可以樂府稱也這很可以證明他們是很尊重作家底品位的。況且正音譜底著者是明太祖底第十六王子以高貴的身份作雜劇在本書中以丹丘先生的別號列舉着自作十二種底劇目後來宣德年間的周憲王也以王族寫了許多的雜劇其二十餘種現存着。

自元末以來稱為戲文的長篇的戲曲在南方很興盛了，漸漸產生傑作，壓倒了雜劇；到嘉靖年間，雜劇幾乎沒有人過問了。這個時候何良俊獨熱愛元人底雜劇在他底四友齋叢說（卷三十七）中大大地鼓吹元人雜劇之妙。王世貞也品評雜劇戲文作為藝苑卮言底附錄這裏在戲文底第一傑作底品評上發生了一個問題。何良俊推傳為元施惠之作的拜月亭為第一論列這戲文勝於普通作為第一傑作的元末高則誠底琵琶記。他底理由是：拜月亭從「當行」（即戲曲專門）底立場

來看是最好的，琵琶記文辭雖秀但徒列美辭麗句缺少「風味」。但王世貞反駁他底說法說拜月亭沒有「詞家之大學問」無益於「風教」沒有使人墮淚的地方琵琶記底優越不只琢句之工，使筆之美在人情人物底描寫上很是逼真這個論爭如詩文中的古文辭派與反古文辭派那樣對立着在萬曆間各有左祖者分成了兩派。沈德符底顧曲雜言與徐復祚底三家村老叟談贊成何氏；王驥德底曲律（卷三）與呂天成底曲品（卷下）贊成王氏取拜月亭的稱其聲調在音樂上很諧和其曲辭質實而有餘味取琵琶記的稱其曲辭底文雅在戲曲方面有這兩大派這在元人底雜劇方面也已約略可以看到在明人底戲文方面互相標榜是很顯著了。據萬曆間呂天成底曲品（卷上）當時戲文（傳奇）底派別分而為二一方面稱美素樸之辭謂之本色一方面稱美華麗之辭謂之當行前者非難後者鄙薄前者底文寡後者有的人稱之為文辭派其作風是多取詩文之語的，在嘉靖萬曆間很與盛這恰與詩文中的古文辭派底盛行同時或者受了古文辭派底影響也未可知。如上所述從嘉靖間起文人評論戲曲的風氣很盛如元代雜劇西廂記，竟有作為第一傑作為之注釋的人據說甚至於如徐渭這種優越的文人也為之注釋其書今不傳其門人專攻曲學的

王驥德底注釋現在還存在着。其他名家評點的曲本也有許多出版，這也可以看到戲曲在文學上之被尊重的潮流。

小說也是從元末明初羅貫中底水滸傳這種傑作產生之後，漸漸進步了來的，但是還沒承認有戲曲那樣的價值。不過據說在嘉靖間有楊慎批評的隋唐兩朝志傳，徐渭批評的隋唐演義（未見）這種批評本是否出於兩大家之手實屬疑問；但是即令這種批評本是書賈爲了謀利而出的，也是因爲用大家底批評來號召讀者可以得到士君子爲顧客在讀者方面想拿這種批評本作爲他們鑑賞文學的指南這類小說評點本到萬曆間的李贄（卓吾）最爲興盛其著名的是三國志水滸傳底評本據說還有西遊記殘唐五代史演傳等底評本不及戲曲其他題爲徐渭著的雲合奇蹤有「玉茗堂批點」本玉茗堂是湯顯祖底號又在兩漢演義中冠以袁宏道底序文題鍾惺評此外，題爲鍾惺底評本的有三國志水滸傳三國演義這些批點本底眞僞姑且不管這些反古文辭派的名家爲出版小說的書肆所利用這一點是很有興味的對於裝模作樣的古文辭派的指桑罵槐的方法是這些鳴不平的名家作通俗小說底批評或者表示不願意批評古文辭而且錢謙益底王

一三〇

昭明集序〈初學集三十二〉中說，昔有學文於熊南沙者，南沙教以讀水滸傳。熊南沙名過，是反古文辭派的嘉靖八才子之一，教人以水滸傳作文章底模範，這很可以看到他底徹底的反古文辭的思想。這些戲曲及小說底評本大概都只是在文章底妙處加以圈點叫讀者注意，及加以簡單的評語到明末清初的金聖嘆，批評便很精密了。先概論一書，其次每回下總評，再就本文一一評論其用筆他所批評的書有六種，稱之爲「才子書」第一、是莊子，第二、是楚辭，第三、是史記，第四、是杜詩，第五、是水滸傳第六、是西廂記到他手裏把戲曲及小說與古文及詩歌同等地看待，更提高了其評價。其後倣效他的有毛宗崗評的三國志演義張竹坡評的金瓶梅等，小說底文學的價值，纔漸漸被承認了。

第七章 清代底文學思想

第一節 明詩底攻擊與神韻・宋元兩派底興起

清初順治、康熙間的詩壇厭棄李、王底擬古及鍾、譚底奇僻發生了一種想找一條活路出來的風氣。走在前面的是錢謙益。他在他底列朝詩集（錢謙益有學集卷十八耦耕堂詩序中說「歲在甲午（順治十一年）余所輯列朝詩集始出」）李、何、李、王及鍾、譚諸人底詩中大加排擊在歸、徐、湯、袁等反古之辟派諸人底傳中，表示了以之爲愉悅的意義例如責備李夢陽說牽率於模擬，剽賊於字句之間，絲毫不能吐露其心之所有雄霸詞盟流傳譌種二百年以來，正始淪亡榛蕪塞路先輩讀書之種子自此斷絕，豈細故耶非難李攀龍也在這一點上對於王世貞底以其高才，而與攀龍輩相與表示惋惜。對於袁宏道，激賞着說「中郎之論一出王李之雲霧一掃天下文人才子始疏淪心靈搜剔慧性以知蕩滌

模擬塗澤之病其功偉焉」。他底所以如此下褒貶，並不是單單論列過去的詩派是因爲當時崇奉王李底說法的還很不少。所以他罵道今人尊奉于鱗服習擬議變化之論自通人視之正嚴羽卿所謂下劣詩魔入其肺腑者也又嘲笑說「今之君子未嘗盡讀弇州（王世貞）之書徒奉卮言爲金科玉條，至死不變其亦陋而可笑」他底門人有馮班與馮班一路的朋友有吳喬他們都痛擊李王派。馮班底討論散見於鈍吟雜錄十卷等之中；吳喬有圍鑪詩話六卷馮班以爲李王底說法本源在於滄浪詩話所以著嚴氏糾謬加以駁論對於滄浪詩話錢謙益早已殿擊過其文未見在清初的而菴詩話中看到「嚴滄浪以禪論唐初盛中晚之詩虞山錢先生駁之甚當」的話。馮班大概是祖述其老師底句摘之生吞活剝曰擬樂府至於宗子相（名臣嘉靖七子之一）之樂府全不可通今松江陳子章截而句摘之直接對於李王一派非難道「近代李于鱗取晉宋齊隋樂志所載（指所載的樂府）龍輩效之，使人讀之笑來」。（古今樂府論）又很有趣地嘲笑說：「論王李何之詩如貴冑子弟倚恃門閥傲忽自大時時不會人情鍾譚如屠沽家兒時有慧點卻異雅流」。（見鈍吟雜錄卷三）吳喬罵李、何、李王一派慣用「瞎盛唐詩」這句話他攻擊他們的要點是他們底詩不以意爲主因而人格是

不會表現出來的他說有有詞無意之詩，百年來習以成風全不覺悟。明之「瞎盛唐詩」字面煥然，而無意無法直是木偶被文繡此病二高（高啟高棅）萌之弘（弘治）嘉（嘉靖）大盛識者祇斥其措詞之不倫而不言其無意之爲病以是弘嘉之習氣至今流注人心又說詩中須有人詩而有境有情，則自有人在其中唯弘嘉詩派濃紅重綠勤陳言句，萬篇一篇萬人一人了不知作者爲如何人謂之爲詩家之異物，（死人）非過也。（俱見詩話卷一）

非難李何李王的，不只錢謙益一派。如以盛唐爲宗的施閏章、王夫之，也表示不滿意的意思。施閏章在他底蠖齋詩話中非難李夢陽底以盛唐孟浩然底詩歌爲雜調而不見許他說這正是其所見不廣處；非難李攀龍自以爲得意的「登臨」的作品，敍景毫無變化。至於王夫之底夕堂永日緒論最爲猛烈他以爲凡是立派，都是不對的，李何、李王與鍾譚雖說法各異，其立派的弊病是一樣的他責問說：「總立一門庭則但有其局格更無性情更無興會更無思致自縛縛人誰爲之解者」？並且非難其來源底弊病，他冷笑說如其要做李何、李王派的詩只要買韻府羣玉詩學大成萬姓統宗、廣輿記四部書應題拾集文字便行了，至於鍾譚派連這四部書都不必備只要排列書生所誦的時

文底字句，便是一個像模像樣的詩人了。

從這樣的潮流中，王士禎（漁洋）起來高唱神韻說。他也曾經在錢謙益那邊受過詩法但是他並不附和錢謙益那一派攻擊李王派，他只避去李王派底弊害，向着自拓新途的建創事業上邁進他底標的，從時代上來看自漢魏至宋元都採取其詩趣以古淡之致爲主要特別提倡拈出了神韻二字。在李、王一派不解古淡的趣致這一點上特別表示了不滿意就是在他底池北偶談（卷十二）中慨嘆說「明詩本有古澹一派如徐昌穀（名禎卿）高蘇門（名叔嗣）楊夢山（名魏）華鴻山（名察）輩自王李專言格調清音中絕」。王世懋底藝圃擷餘中不慊於兄世貞等爲格調說所束縛，論列古淡派徐禎卿高叔嗣底詩歌之可不朽那末王士禎所拈出的「神韻」兩字是從什麼地方來的呢？池北偶談（卷十八）中在記述了明孔文谷（天胤）（嘉靖間的進士）評論謝靈運孟浩然章應物底詩歌說「總其妙在神韻矣」之後說「神韻兩字予向論詩首爲學人拈出，不知先見於此」。他辯論其爲暗合洩漏了拈出神韻兩字如他獨創的口吻。

但在他之前，在明末有說述了可以看作神韻說底先聲的說法的人。這便是陸時雍（崇禎六年

的貢生）底詩鏡總論（載於其所編的古詩鏡唐詩鏡之前的總論）中的情韻說。他說法把「情」與「韻」作為詩歌底兩大要素。他說，「情欲其真而韻欲其長也」二言足以盡詩道矣」。這裏試專舉其「韻」底說法他已用「神韻」兩字這似是把「精神」與「韻」併稱的。他說「詩之佳拂拂為風洋洋如水一往神韻行於其間」。又說，「五言古非神韻綿綿定當捉衿露肘」，非雕琢之所能為也」又說，「凡情無奇而韻悠然長逝者聲之所不得留也；一擊立盡者瓦缶也詩之饒韻所以說「韻欲其長」。又說，「精神聚而色澤生此韻者其鉦磬乎」就是「詩被於樂聲也聲微而韻悠然長逝者聲之所不得留也；一擊立盡者瓦缶也詩之饒韻」似指餘無韻則沈有韻則遠無韻則局」。是如此推重韻的。而且說，「有韻則生無韻則死有韻則雅無韻則俗有韻則響無韻則沈有韻則遠無韻則局」並且說，「韻欲其長」。是如此推重韻的。而且以「韻」為中心下面那樣說述與「格」、「風」、「色」、「氣」四者底關係他說，「韻生於聲聲出於格故標格欲其高也韻出為風風感為事故風味欲其美也有韻必有色故色欲其韻也韻動而氣行故氣欲其清也此四者詩之至要也」。

試將其關係作圖式如後：

關於這四種要素，雖不曾一一說明但忖度他底意思，大概「格」是標格，「聲」是聲調，「風」是風味，「事」是事實，「色」是色澤，「氣」是生氣吧。（標格風味色澤生氣都用書中的用語）其他的姑且不談；他以為最重要的韻底根源在於標格及聲調，這是與格調說有一脈的聯繫的。所以這個說法，作為連絡格調說與神韻說的承上起下的思想是很有意思的。王士禎底神韻說與陸時雍底情韻說有沒有關係；雖則不知道總之是可注意的說法。

關於王士禎（漁洋）底神韻說鈴木先生底中國詩論史（第四章）中，已作精賅的研究，所以這裏，以他底研究為根據加以我所看到的敍述個大概。王士禎對於「神韻」的說明，只是在答問人底問話中說的「格謂品格韻謂風神」（師友詩傳續錄）的一句話他大多以詩例顯示或者舉自己

格 → （欲高）
↓
聲 → 韻 ← 色（欲韻）
↓ ↑
風 氣（欲清）
↓ （欲長）（欲美）
事

第七章　清代底文學思想

一三七

所好的古人底說法以託自己所欲言的。在詩例方面，他編唐賢三昧集在選擇之間，寄託他底意思；在詩論方面他最遵奉唐司空圖底二十四詩品及其他與宋嚴羽底滄浪詩話，以發於滄浪底詩禪一味的思想爲基礎。他序唐賢三昧集說，「嚴滄浪論詩云『盛唐詩人唯在興趣羚羊掛角無跡可求，透徹玲瓏不可湊泊如空中之音相中之色水中之月鏡中之象言有盡而意無窮』。司空表聖論詩亦云『味在酸鹹之外』。……於二家之言別有會心錄其尤雋永超詣者」那末味外之味與空中之音的兩個觀念可以看作他底所謂神韻的主要的要素；結果把他底目標放在風味和興趣上。就是把詩歌之命意立格用字底善惡是非工拙之外所感到的微妙的風味與興趣作爲鑑賞底焦點因此他作爲作家也當作作家構成詩底所謂神韻的善善不善非此亦工拙之外所感到的微妙的風味與興趣作爲鑑賞底焦點。因此他作爲作家也當作作家構成詩歌底所注意的吧！又他很愛誦司空圖詩品中的「不著一字盡得風流」的話（見漁洋詩話卷下及師友詩傳錄等）。就是以不修飾文字便得妙趣的詩歌爲上乘這也不外於注重風趣的思想。但是風味與興趣也是形形色色多種多樣的。就是他所選的風趣是如何的風趣？這看了他在司空圖底二十四詩品中所愛好的詩趣便可了解。他所愛好的是「遇之匪深卽之愈稀」（沖澹）「俯拾卽是不取諸鄰」（自然），「晴雪滿林隔溪漁舟」（清奇），「采采流

水蓬蓬遠春」（纖穠）「不著一字盡得風流」（含蓄）等，就是沖澹自然清奇纖穠的四種風趣。（我以爲含蓄是思想底表現樣式是在風趣的圈子之外的）除了纖穠這一種風趣他都是消極的風趣簡括地講可以歸結到「古澹」這一種風趣吧。纖穠這一種風趣是想稍稍加以色澤救濟其中的乾枯的弊害的吧所以他教導門人說，「爲詩先從風致入手久之要造於平淡」又說「爲詩總要古吳梅村先生詩盡態極妍然只是欠一古字」。（然燈記聞）又如前所引他嗟嘆說，「明詩本有古淡一派。……自王、李專言格調清音中絕」。拿這句話來推測他怕是以這一派底中興自任的吧。所以作爲其神韻底標準選入唐賢三昧集的王維以下四十二人底詩歌都是以富於古淡閒遠之致的爲主的而且他關於三昧集回答門人底問話說「吾益疾夫世之依附盛唐者，但知學爲『九天閶闔萬國衣冠』之語而自命高華自矜爲壯麗按之其中毫無生氣。故有三昧集之選要在剔出盛唐眞面目與世人看」。（然燈記聞）所謂「九天閶闔，萬國衣冠」是王維和賈至舍人早朝大明宮之作中的話在三昧集中雖選錄王維底詩歌最多但是像這種詩歌的趣味，他是極力排斥的所以他底趣味是很局限的這一點很招致後人底譏笑但是想旗幟鮮明地站在壇

第七章　清代底文學思想

一三九

壇上，多少要成為「排外的」，這是勢所不免的吧。於是他底盛名，遍傳海內天下翕然應之，所以他底詩派在康熙間成了一大勢力。但與王漁洋有姻戚關係的後輩中有趙執信獨不屑入漁洋之門；他曾經讀馮班底遺著很為心折，自稱私淑弟子，專崇奉他底說法，且著談龍錄非難漁洋底說法，這是漁洋底晚年的事情。其中否定神韻說底根據說，「司空表聖云『味在酸鹹之外』蓋概而論之，豈有無味之詩乎哉？觀其所第二十四品設格甚寬後人得以各從其所近非第以『不著一字盡得風流』為極則也。嚴氏之言寧堪並舉馮先生糾之盡矣」。漁洋死後非難神韻說的聲浪漸漸高起來了。親炙趙執信的後輩李重華底貞一齋詩說也說「嚴滄浪以禪悟論詩，王阮亭（士禎底字）因而選唐賢三昧集試思詩教自尼父（孔子）論定何緣墮入佛事」？其後趙翼底甌北詩話（卷十）中說：「阮亭專以神韻為主然專以神韻勝但可作絕句，而元微之（唐元稹）所謂『鋪陳終始排比聲韻豪邁律切』者，往往見絀終不足八面受敵為大家也」。趙執信以其風趣底狹隘為非趙翼以其規模底短小為非二趙所指斥的確是他底缺點。

在這以前錢謙益為壓抑李、王底妄信盛唐鼓吹宋元詩。他所下的種子，到康熙六十年間顯著

地生長了他底門人馮班說錢牧翁（卽謙益）學元裕之（金元好間）不曾過之，每稱宋元人以矯王、李之失陸孟鳧本無所知乃云唐人不足學邑人（常熟人）信之為可笑。（見鈍吟雜錄卷七）又說從前王李模擬漢魏盛唐底詩歌現在常熟底詩人們排斥他們，說要學「後代之詩」，亦以其模擬為事，其弊害與王李正同而且反不及其文雅（同上卷四）所謂「後代之詩」便是宋元底詩歌依據這兩段話錢謙益底影響似先從其故鄉常熟開始，漸漸開拓開來的。馮班底親友吳喬（一名殳）底答萬季野詩問中說「問云『今人忽尙宋詩如何？』答曰『為此說者其人極負重名而實是清秀李于鱗，無得於唐」所謂「清秀李于鱗」是非難錢謙益的吧。但趙執信底談龍錄中說，「阮翁（王士禎）素狹修齡（吳喬）亦目之為清秀李于鱗，阮翁未之知也」他以為是指王士禎的；但王士禎是鼓吹盛唐的宋犖底漫堂說詩中也說「近日王阮亭十種唐詩選與唐賢三昧集……力挽尊宋祧唐（祧是敬遠的意思）之習良於風雅有裨」王士禎於牽掣尊宋底流行，是很有力的。王士禎底易居錄中說：「吳人吳修齡予少時以其人為友嘗著正錢論以駁牧齋（錢謙益底號）予極不喜之」吳修齡師法晚唐李義山因不好宋詩所以非難錢謙益「清秀李于鱗」也是非難他的吧其次更使宋詩流

行的，是吳之振編刊的宋詩鈔一百六卷（有康熙十年的自序）底力量。宋犖底漫堂說詩中說，「近二十年來乃專尚宋詩至余友吳孟舉（之振底字）宋詩鈔出幾於家有其書矣」漫堂說詩據其卷末的話是康熙三十七年（戊寅）寫的，其所謂「二十年來」宋詩流行，這是大約從康熙十七年左右起的事情是宋詩鈔出世後的現象其後，元詩開始流行，顧嗣立編刊的元詩選一百十一卷、（有康熙三十三年編者底凡例）我以爲是在這個潮流中產生的。而且毛奇齡底詩話（卷七）中說「向學宋詩者，椎陋惡劣醜象已極然倘一變而爲元詩，爲明初詩，力務修飾爭探諸細隱祕之語字裝綴行間（書中有康熙四十年底記事想是其晚年底著作）」看了這一段話，便可知道那時的潮流了吧。這由尊崇唐詩的人來看，是討厭的流行但是，由於採取宋、元底詩風清詩顯現了與明詩不同的特色。例如，查慎行學宋蘇軾陸游底詩風以白描見長繼王士禎朱彝尊之後成了詩壇底大宗師甚至於有人批評說有淸代自己底特色的新詩風是由查慎行開拓的。總之，由於宋詩復興造成了轉換方向的氣運這是很値得注意的。而成爲運用他的原因的是錢謙益底提倡所以漫堂說詩中敍述宋以來詩風底變化也說「一變於袁宏道鍾惺譚元春再變於陳子龍本朝初又變於錢謙益」。

第二節　格調說與性靈說底復燃

到雍正、乾隆間，先是格調說，入後是性靈說又復活了。前者是沈德潛（歸愚）主持的，後者是袁枚（簡齋）倡導的。乾隆、嘉慶間人錢泳底履園叢話（卷八）敍述這一點說，「沈歸愚宗伯與袁簡齋太史論詩判若水火宗伯專講格律太史專取性靈‧自宗伯三種別裁集出詩人日漸日少自太史隨園詩話出詩人日漸日多」因為論列格律是很嚴的，學詩的人有難色；教以任性靈作詩誰都可以做從沈德潛底門下以王鳴盛王昶錢大昕等吳中七子為始堂堂的學者文人輩出成為乾隆初年詩壇底大宗師；袁枚底長住着的南京底隨園中任人游覽上自大官下到經過的商人都去，所以是名滿天下的。沈德潛說詩晬語二卷概論歷代底詩歌，都是很溫和公平的論評，一點也看不到想燃起格調派底餘燼的意思但是他選古詩源（漢魏六朝）及唐詩明詩清詩三種的別裁集，不及宋詩及元詩‧而且序明詩別裁集說，「宋詩近腐元詩近纖明詩其復古也」。從這一點上來看這是可以看作格調派的傾向的吧。而且唐詩別裁集選擇底標準在自序中說以王漁洋所不取的

雄渾高華的方面（他借杜甫底「鯨魚碧海」的話及韓愈底「巨刃摩天」的話來顯示）爲主，兼取漁洋底神韻的方面。這實是取格調說之長而以神韻說來補充他的。其次袁枚底性靈說也許不一定爲對抗沈德潛而建樹的，但兩個人互相書信往返論爭過，袁是比沈小四十多歲的後輩所以恐怕袁是有敵對這位有盛名的先輩的野心的吧。袁枚底性靈說散見於隨園詩話二十六卷中。他底說法底大要是：學詩沒有唐、宋、元、明底區別不要爲古人底格律所拘束只要任性情底流露作清新機巧的詩歌便行了。所以他底思想可以看作明袁宏道說的「從來天分低拙之人好談格調而不解風緣故他並不表彰袁宏道卻引宋楊萬里（誠齋）說的話作爲他底說法底根據。（隨園趣何也？格調是空架子有腔口易描風趣專寫性靈非天才不辦」的話作爲他底說法底根據。（隨園詩話卷一）他很尊崇楊誠齋說余不喜黃山谷而喜楊誠齋又說誠齋一代之作手談何容易耶？（詩話卷八）他恐怕討厭被人家看作袁宏道底後繼者吧。（性靈說底詳細請參考中國詩論史第五章）

乾隆時代，不論在文學方面或者美術方面作家表現個性的風氣很盛所以要看出其主要的潮流來很是困難如比袁枚大二十多歲的厲鶚，對於宋詩很有研究在唐代師法王維、孟浩然、柳宗

元，自成一家，在以杭州為中心的浙江，有很大的勢力。如與袁枚並稱的趙翼，有吾自為宋詩，烏論唐、宋的傲語，他底著作——甌北詩話十二卷詳論唐代底李、杜、韓、白宋代底蘇、陸、金底元明代底高啟清代底吳偉業查慎行，毫沒有標榜的地方但是可以看到繼承宋、元詩流行之後的傾向。翁方綱以王漁洋底後繼者自任但是恐怕神韻說底弊害會流而為空調，特揭「肌理」二字以內容底充實為目的；其所宗奉的是唐代底王、孟杜、韓，宋代底蘇、黃，金、元底元好問、虞集所以他底著作石洲詩話八卷中也專論列唐、宋、金元，不言及明詩。如上所述沒有特別以某一時代底詩歌為標的，這一點可以看作在清初破壞了明人底尊唐說復興了宋、元詩結果自由的思想便很興盛了。這種潮流，一直繼續到嘉慶道光以後。

第三節 古文與駢文底並行

從宋人排斥六朝唐代底駢體文之後，駢體文只用於內容空虛的儀式的文章漸漸地衰頹了，這個時候明代李何一派底復古運動更給與了致命的大打擊但到明末張溥編漢魏六朝百三名

家集，提倡駢文，陳子龍也呼應他起來了，於是開拓了駢文底復興的氣運，清初陳維崧、吳綺等輩出，更其與盛終於在清一代之間與古文並翼翱翔了。宋人底以駢文爲「八代之衰」的思想化成過去的夢了。重溫這留戀的夢的，是古文底專家其最頑固的是乾隆嘉慶間的桐城一派。

明末天啓崇禎間競起文社艾南英在江西結豫章社繼承歸有光底餘緒主張唐宋底文章，張溥在江蘇結復社，陳子龍也在江蘇結幾社後與復社合流繼承王世貞底衣缽主張古文辭二社是互相反目的。復社，如前所述開拓了駢體文復興底端緒的入清代之後唐宋派與盛了起來。這並不是豫章社底發展是與王、李派在詩壇上被排斥同樣的反動的傾向。清初古文家最顯著的是侯方域、魏禧、汪琬三家都是以唐宋八家爲宗的。侯方域可以稱爲其先驅者他與任王谷論文書中也說要追溯秦漢，非先從唐宋八家着手不可。李夢陽弄錯了所以在路上跌交了。其次是魏禧他底日錄論文所說的也大多是唐宋底文章。至康熙乾隆間有安徽桐城人方苞學問潛心於宋儒底性理錄論文章出入於韓愈歐陽修之間以使儒學與文學爲一體爲己任。他底思想是繼承韓愈底系統的。他底同鄉後輩有劉大櫆，他底古文是爲方苞所推重的，曾遊於方氏之門。又有鄉人姚鼐，從劉學

古文底方法，在乾隆、嘉慶間，他底聲勢很廣泛地蔓延了開來，他底影響一直到最近。這便是所謂桐城派。其學文的標的是由唐、宋八家追溯秦、漢的，這正與侯方域所理想的相合。方域不幸早死不能追溯到秦、漢但他底理想是由劉、姚等實現了其所得的作風固然因人而不同；其主張底要旨可以歸結到質古高簡與宋代歐陽修一派沒有什麼不同所以，劉大櫆底論文偶記中說，「文貴簡。凡文筆老則簡意真則簡辭切則簡理當則簡味淡則簡氣蘊則簡品貴則簡神遠而含藏不盡則簡故簡為文章盡境」又說，「文法至鈍拙處乃為極高妙之能事非真鈍拙也乃古之至耳」。這可以說是代表了這一派底思想的。

駢文也是到乾隆嘉慶間，更其盛行，胡天游邵齊燾袁枚孔廣森吳錫麒洪亮吉等名家輩出，成了唐代以後得未曾有的盛時這個時候阮元著文言說一篇說：上古底文法是對偶的，對偶是自然的句法因為周易乾坤二卦底文言孔子自名曰「文」這是千古文章底老祖宗，而文言底文法是成對偶而且押韻的這是「文」但後世人作散體（不設對句的）自命曰「文」還要尊之曰「古」。他底說法是非且不管這是出於為他所好的駢文吐氣的意圖的。他是當時負盛名的學藝底提

倡者，所以這一篇文章對於駢文家給與了極大的聲援當時即桐城古文派底名家，如劉開、梅曾亮，也兼修駢文，桐城派之支流陽湖派首倡者惲敬、張惠言是由駢文轉向到古文的人屬於這一派的董基誠董祐誠，也是兼修駢文的，陣線是如此混亂的，卽令駢文家，如李兆洛汪中也以魏晉時代底駢散不分體爲目標，也顯示了一種調和的思想。到光緒間譚獻說「吾輩文字不分駢散不能就當世古文家範圍亦未必有意抉此藩籬也不謂三十年來幾成風氣」。（復堂日記卷八）就是可以知道，到了清末，這種折衷的風氣更其興盛了。

第四節　歐化文學思想底興起

道光末年，太平軍底革命開始繼續了十五年學藝底淵叢的江蘇、浙江很荒涼了，因此文運受了極大的打擊而衰頹了。一方面由於道光二十二年的江寧條約底締結耶穌教牧師繼續地到中國來傳教同時設立宗教學校開始了西學底輸入終於爲中日戰爭底敗北所刺激，西學熱更高了，白頭的老年人也讀西書了；入後由於日本在日俄戰爭中的勝利是西洋教育底恩賜這種見解便

大批地送留學生到日本間接地吸收西洋文明。在如此的潮流中，歐化的新文學漸漸地產生，這是當然的事。在詩歌方面從西洋詩形底模倣與題材底異國情調開始成為其先聲的，是同治、光緒間的黃遵憲，他在日、英、美等任外交官職過了三十年的歲月接觸海外底文物在他底詩作中注入極進步的新鮮的生命是成功了。當時康有為與其門人梁啓超，也試作新體詩但天分不高。但是梁啓超底新體的文章（這是從「漢文口調」的日本文取去了假名的），可以說是成功的。他們都是廣東人。這個時候古文家吳汝綸底門下，有福建底嚴復與林紓在翻譯文學方面着了先鞭。嚴復以赫胥黎底天演論（進化論）這麼的著作為主，都以工整的古文體，翻譯了出來。先是這種程度的歐化，在清代末流行的但是翻譯品底內容與年俱進。翻譯托爾斯泰故事的托氏宗教小說這種作品，也在光緒末年產生了。入了民國，小說作家方面最早產生的歐化的作品而成功的是魯迅（周樹人）。步他底後塵而起的青年很多。民國五年左右發刊的新青年這種雜誌充滿了急進的氣派，記得魯迅底作品最早也是在這裏發表的。胡適稱為文學革命，提倡白話文學的文章也是在這裏發表的。這有很大的反響使全國青年底熱血都湧了起來。這個

第七章　清代底文學思想

一四九

時候，回顧本國過去的白話文學的氣運產生了，接着，不限於白話並且注意到了舊文學底新研究。本國文學底研究是與年俱盛了。我對於近來的歐化的文學思想到了如何的程度不十分清楚而且現在也沒有探究的意志及餘裕。只是，由於這種的歐化養成的新思想已在本國底舊文學研究上運用這是可為中國文學慶賀的並且希望由此而產生許多新鮮的偉大的文學。

因為已超過約定的頁數，對於清代乾隆期以後的敍述很簡單，這很不得體，決不是我輕視這個時期。清代底關於戲曲小說的思想也割愛了希讀者原諒。